오늘 하루가 작은 일생

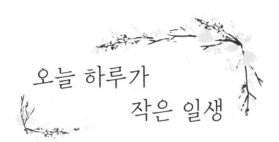

오늘 하루가
작은 일생

우미하라 준코 지음

서혜영 옮김

니케북스

서문

'심료내과의'라는 일의 성격상 많은 분들로부터 이런 말을 듣곤 한다.

"좋으시겠어요, 선생님은. 이런저런 일이 있어도 마음이 흔들리거나 불안해지지는 않을 테니까요."

그럴 때마다 쓴웃음을 짓는다.

"그럴 리가요."

비참한 사건 사고의 보도를 접하고 나면 어쩔 수 없이 기분이 가라앉는다. 그래서 그런 내용의 드라마나 영화는 되도록 안 보려고 노력한다.

처음 의사 일을 시작했을 때는 성격이 지나치게 민감한 탓에 몹시 힘이 들었다. 타인의 아픔에 깊이 공감해 마음에 상처를 입을 때마다 '나는 의사 일과는 안 맞는구나.' 하

---

* 심리요법내과(心理療法内科)의 약칭으로, 각종 질병에 사회적 · 심리적 요인이 깊이 관여하고 있음을 중요하게 여겨 이 부분의 치료에 중점을 두는 내과를 말한다.

고 생각했었다.

그러나 타인의 아픔에 민감하게 '반응하는' 것은 어쩔 도리가 없는 나의 성격이니, 의사 일을 그만두기보다 이 넘치는 공감 능력으로 무얼 할 수 있을지 찾아보자, 하고 마음을 고쳐먹었다.

여기에 쓴 글들은 아픈 일을 당하고 힘들어하는 세상의 마음들에게 보내는 나의 메시지이지만, 그 메시지를 발신 함으로써 나 또한 위로받을 수 있었다.

살아가며 부딪힌 가장 큰 아픔은 동일본대지진이었다. 지진 발생 후, 나는 쓰나미 피해를 입은 지역에서 지원 활동을 하거나 현외 자주피난자[県外自主避難者]＊분들을 도왔다. 그

＊ 동일본대지진으로 인한 후쿠시마 원전 사고 이후, 후쿠시마현 밖으로 자발적으로 피난 간 사람들을 이르는 말.

곳, 그 상상할 수 없는 커다란 슬픔 속에서 만난 다양한 사람들, 그리고 그들이 보여준 회복력을 이 책을 통해 다시 생각해보고 싶었다.

나이를 먹으면서 많은 경험을 하게 된다. 그 과정에서 나 자신이 직접 겪었던 일이나 아픔이 있는 만큼, 젊은 사람들의 고민을 들으면 '아아, 나도 예전에 저런 일로 괴로워했었지.' 하고 옛 기억을 떠올리곤 한다.

그러나 세상에는 우리의 경험을 뛰어넘는, 상상할 수 없을 만큼 큰 아픔도 존재한다.

지진이 있고 얼마 지나지 않아 내가 상담 칼럼을 맡고 있던 신문사로 편지 한 통이 날아왔다. 한 여고생으로부터 온 것이었다. 주) 2011년 5월 23일, 《요미우리신문》 '인생 안내'

그 여고생은 3월 11일 지진이 있던 날, 할머니와 함께 집에 있었다. 평소 할머니를 무척 좋아하고 존경했기 때문에 장래에 자신도 할머니처럼 되고 싶었었노라고 했다.

쓰나미 경보가 울리자 두 사람은 함께 피난을 시작했다. 그런데 얼마 못 가 할머니가 주저앉고 말았다. 그녀가 들쳐 업고 뛰려 했지만 할머니는 한사코 업히려 하지 않았다. 오히려 역정을 내며 "괜한 짓 말고 가라, 어서 가!" 하고 그녀의 등을 떠밀었다.

그녀는 그렇게 떠밀리는 대로 달아나 목숨을 건졌지만 할머니는 며칠 후 시신으로 발견되었다.

다정하고 기품 있어 동경의 대상이었던 할머니가 체육관에서 "마치 어시장의 생선처럼" 이리저리 굴려지는 모습을, "인간으로서의 존엄이라곤 어디에서도 찾을 수 없는 모습"을 보았다고 했다. 엽서에 적힌 글자 하나하나에서 그녀의 깊은 죄책감과 슬픔이 묻어나고 있었다.

편지를 손에 든 채 한동안 멍했다. 어떤 위로도 그녀에게는 도움이 되지 않을 것 같았다. 눈물이 멈추지 않았다.

쓰나미를 피해 달아나는 장면과 체육관의 광경을 그려 보았다. 그러자 차차 그녀가 존경하던 할머니가 그렇게 뻣뻣하게 굳은 모습을 보임으로써 손녀에게 전달하고자 한 메시지가 무엇이었을지 마음속에 떠올랐다.

할머니는 어떻게든 '살아내라'는 강건한 메시지를 전하고 싶었던 것이 아닐까.

그 여고생에게 답장을 보냈다. 사람은 어떤 모습을 하더라도 결코 잃지 않는 존엄함을 가지고 있다고. 할머님은 당신의 생을 품격 있게 완수해서 손녀딸에게 전하신 거라고. 할머님의 그 멋졌던 삶의 모습은 그녀의 마음속으로 옮겨와 살아있는 거라고.

《마이니치신문》 일요판에 '마음을 위한 영양제' 연재를 시작한 것은 2005년 10월. 5년 반 동안의 연재는 일단 종료됐지만, 1년 후 '신新 마음을 위한 영양제'란 제호로 재개되었다. 이 책은 그 10년여 간 연재한 칼럼 가운데 다시 읽혔으면 싶은 글 48편을 골라 새로이 엮은 것이다.

그 사이에 동일본대지진이 일어났고 세계 곳곳에서 테러가 계속되었고 경제 환경이 크게 변했으며 기후 조건도 훨씬 악화되었다. 힘겨운 시대에 이 나이로 산다는 것이 어떤 의미인지를 절감하며 쓴 글들이 독자 여러분께 한 번 더 닿을 수 있게 된 것을 진심으로 기쁘게 생각한다.

그것이 좋은 것이든 나쁜 것이든 혹은 비참한 것이든, 날마다 일어나는 다양한 사건 사고들을 접하면서도 흔들림 없이 앞을 향해 나아가자면 마음의 에너지가 필요하다.

어떤 사건은 사람을 분노케 한다. 그런 것을 접하면 젊었을 때에는 그야말로 격분해서 주변과 불화하기도 했지만, 나이를 먹고 나니 그런 식으로 해소하는 것이 마뜩잖다. 이제 분노가 치솟을 때면 어딘가를 향해 화를 폭발시키지 않고, 그렇다고 꾹 눌러 참지도 않고, 조금씩 다른 형태로 바꿔서 극복해간다.

이것이 내가 생각하는 마음의 회복이며, 여기에 쓴 글들은 그런 자세에서 나온 것들이다.

어려운 시대이니 만큼, 뭐라도 비축해놓아야 하지 않을까, 아이에게 남길 것을 마련해두어야 하지 않을까, 생각하는 분들도 많을 것이다. 시중에는 그런 요령을 가르쳐주는 책들도 적잖이 나와 팔린다고 한다.

그러나 우리 모두 다시 한 번 생각해봤으면 좋겠다. 후대에 남겨주어야 할 진정한 자산이 무엇일지. 그것은 돈이나 물건이 아니라 아이들이 보고 배울 수 있는 품격 있는 삶이 아닐까. 돈이나 물건은 쓰나미에 쓸려가 버릴 수도 있지만, 품격 있는 삶에 대한 기억은 상실되는 일이 없다.

그런 자세로, 오늘 하루 불안한 마음을 접고, 자신이 할 수 있는 일을 힘껏, 힘을 내놓는 걸 아까워 말고, 전력을 다해 살아보면 어떨까.

그런 삶을 사는 어른이 늘어나기를 기대하며 이 책을 세상에 내보낸다.

2016년 10월 우미하라 준코

차례

당연하다는 오만한 생각

나이를 잘 먹는다는 것

▼ ▼

마음을 마주 보는
새하얀 시간

특별할 것 없는 하루의 행복

　나의 아버지는 젊은 시절 결핵을 앓았고 그 영향으로 폐의 기능이 떨어져 운동은커녕 '약간의 무리'조차 할 수 없었다. 서민 동네에서 작은 이비인후과 의원을 하며, 평일에 진료하고 일요일에는 쉬고 밤에 청주 딱 한 홉을 반주 삼아 텔레비전으로 야간 경기 보는 것을 즐겨하는 분이었다.

　동급생 몇인가가 대학병원의 교수가 되고, 또 몇은 병원장이 되었다는 얘기를 들어도 그다지 부러워하는 기색 없이 담담했다. 차는 달리기만 하면 되고 옷은 입어서 편하면 된다는 식이라 브랜드나 고급품에도 관심이 없었다.

　욕심이 없다고 해서 그럼 고매한 인격자였느냐, 하면 그것도 아니었다. 뭔가가 마음에 안 들면 언짢은 내색을 감추지 못했다.

　아버지의 그런 모습은 가족 된 사람들에게는 어쩐지 아쉽게 느껴지기도 했다. 어린 마음에도 아버지가 조금 더 정

력적으로 활동하면 좋을 텐데, 하는 생각을 하곤 했으니까.

당연히 화려한 자리 같은 것과도 인연이 없는 분이었는데, 어쩌다가 결혼 피로연에 초대받아 축사를 할 기회가 한 번 있었다. 이제 막 중학생이 됐던 나도 함께 초대받은 자리였다. 신랑은 엘리트였고 대기업 중역이던 그의 부친이 차기 사장이 될 거라는 소문이 도는 사람이었다.

아버지가 어떤 이야기를 할까 조마조마했었는데 내용은 "평범하고 아무 특별한 일 없는 하루만큼 행복한 날은 없다."는 것이었다.

확실히 그 당시 아버지의 생활은 특별히 대단한 수입이 있다든가, 커다란 업적을 세웠다든가 하는 것과는 인연이 없었다. 아무 특별한 일도 없는 평범한 일상이라니, 그러면 진보도 발전도 없지 않나 생각했지만, 그럼에도 아버지의 말은 어린 내게 왠지 진지하게, 그리고 강한 설득력을 갖고 다가왔었다.

파리에 출장 갔을 때의 일이다. 좁은 골목에 면한 호텔 창문을 열자 근처 건물 앞에 위장복으로 몸을 감싸고 기관총을 든 군인 둘이 순찰을 돌고 있었다. 출장 업무를 마치고 파리에서 일본으로 돌아온 날 밤, 구마모토에서는 진도 7의 지진이 일어났다.

테러와 지진. 언제 무슨 일이 일어나도 이상하지 않은 상황 속에서 우리는 살고 있는 것이다. 아주 조금이라도 시간과 장소가 어긋났더라면 직접 겪었을지도 모를 위기를 피해가며 우리는 살고 있다. 그런 생각이 든 순간, "아무것도 특별히 달라진 것 없는 하루가 행복"이라는 아버지의 말이 기억 위로 떠올랐다.

아버지가 그렇게 말한 이유가 무엇인지 안 것은 당신이 세상을 뜨고 난 뒤였다.

전쟁 중 피난지로 향하다가 히로시마에서 구조 활동에 참가했던 아버지는 방사능 피폭이 원인이 된 면역 결핍으로 중증 결핵에 걸렸다. 물론 이것은 아버지가 돌아가시고 난 뒤에 안 사실이다.

히로시마 이야기는 아버지의 마음속에 깊이 봉인되어서 직접 그 참상을 들은 적이 없다. 구조 활동에 참가했다면 아마 말로는 표현할 수 없는 지옥을 보았을 것이다. 그리고 그 과정에서 깨달은 것이 '아무 특별할 것 없는 하루'의 고마움이었을 것이다.

그러나 우리는 보통 그런 평범한 하루의 소중함을 느끼지 못하고 산다. 살아있고, 가족과 친구가 있고, 생활의 장이 있는 대수롭지 않은 하루가 실은 '특별한 하루'라는 것을 깨달을 때, 세상을 대하는 마음의 자세는 분명 달라질 것이다.

눈에서 빛을 발견하다

날마다 진찰실에서 내원객의 이야기를 듣는다. 즐겁고 활기찬 이야기를 들을 일은 일단 없고, 밝고 발랄한 표정을 볼 일도 거의 없다. 그래도 차분히 이야기를 듣고 있노라면, 어느 순간 그 사람의 눈에 밝고 아름다운 빛이 켜지는 순간이 있다.

그 순간이란 실로 다양해서, 흥미 있는 것에 대해서 말할 때일 수도 있고 소중한 사람이나 키우는 애완동물에 대해 이야기할 때일 수도 있다. 여행 중에 신기한 경험을 했다거나 직접 한 요리가 맛있었다고 말할 때일 수도 있다.

생활이 아무리 괴롭고 힘들다 해도, 하루하루가 아무리 우울하다 해도, 그런 이야기를 하는 동안에는 한순간이나마 눈에 빛이 들어와 반짝이는 것이다.

그럴 때마다 나는 '아, 이 얼마나 아름다운가.' 하고 진심으로 감동하게 된다.

나이나 표정과 관계없이 이 눈의 빛남이야말로 사람의 진정한 아름다움이라고 생각한다. 아무리 곱게 화장을 하고 예쁜 표정을 지어도, 온갖 아름답고 휘황한 말을 갖다 붙여도, 거기에 그 사람의 마음이 없고 진실이 없다면 눈이 빛나는 일은 없다.

서로를 마주 보는 두 연인의 눈을 생각해보자. 흔히 연애는 사람을 아름답게 만든다고들 하는데, 그것은 이해득실을 따지지 않고 정신없이 빠져들 상대가 있는 그 시간이 아름답기 때문일 것이다. 스포츠나 라이브 연주, 연극 관람의 즐거움은 무엇보다 그 자리에서 퍼포먼스를 하는 선수나 아티스트의 빛나는 눈을 보는 데 있다. 그들의 빛나는 눈빛이 보는 이에게 기쁨과 에너지를 더해주기 때문이다.

아무리 힘든 생활이라고 해도 그 속에는 눈을 빛낼 수 있는 요소가 있다. 그걸 깨닫지 못하거나, 혹은 그런 건 사는 데 아무 소용이 없다고 무시하면서 살아가다 보면 언젠가는 마음의 활기도 사라지고, 그러는 사이 일상의 색도 바래고 만다.

스스로는 자기 얼굴 표정을 볼 수 없다는 건 안타까운 일이다. 아름답게 빛나는 눈을 볼 때마다 나는 본인에게 보여주고 싶다고 생각하곤 한다. 반짝이는 눈빛은 그 사람 인생의 방향을 보여주는 지표다. 어떤 사람에게서 발견한 한 순간의 빛나는 눈빛을 단초 삼아 그의 생활과 마음이 활기를 되찾도록 돕는 것이 나의 일이라고 생각한다.

아름다워지려면 나날의 삶 속에서 자신의 눈이 빛나는 순간을 만들어가는 것이 중요하다. 나이를 먹어가면서 화장으로 더는 가릴 수 없는 늙음이 다가온다. 나이를 초월하여 빛나려면 결과가 아니라 과정, 즉 하고 있는 것에 집중하고 즐길 수 있는 무언가를 생활에 도입하는 것밖에는 방법이 없는 것 같다. 눈이 빛나는 순간을 조금씩 늘려가는 것, 그것은 또한 마음의 활기를 유지하고 되찾는 과정이라고도 할 수 있다.

강의나 연설, 가깝게는 면접이나 상품 설명 등에서 다양한 주장이나 선전을 들을 때, 나는 이야기하는 사람의 눈이 빛나는지를 본다. 눈이 빛나는 정도, 거기에 진실이 있기 때문이다.

인생, 진짜 즐거움

　아스파라거스의 계절이 오면 근처 독일인 셰프가 있는 레스토랑 입구에 "화이트 아스파라거스 들어왔습니다."라는 공지가 붙는다. 색연필로 그린 일러스트에 일본어와 독일어로 쓴 손 글씨다. 일본어는 초등학생이 쓴 것 같고 알파벳 쪽은 좀 더 유려하다. 살짝 웃음을 짓게 된다.

　화이트 아스파라거스란 말을 들어도 나는 어렸을 때 먹은 통조림의 이미지가 떠오를 뿐 별다른 감흥이 없다. 그러나 유럽, 특히 독일 사람들에게 화이트 아스파라거스는 봄의 전령인 모양이다. 독일에 오래 살았던 분에게서 들으니 "앗, 드디어 봄이 왔네." 하는 즐거움과 함께 식탁에 올라오는 채소라고 한다.

　그래서인지 저녁이 되면 그 레스토랑에는 독일과 관계가 있는 걸로 보이는 사람들이 모여든다. 평소에는 조용하던 가게가 갑자기 흥청망청해진다.

그 모습을 보고 일본의 벚꽃과 같구나, 하고 생각했다. 언제쯤 꽃이 필까 하고 내내 마음을 쓰다가, 피기 시작하면 사람들의 입에 오르내리고 만개하면 다 같이 흥분하면서 혹시 비라도 올까 날씨를 걱정하게 만드는 벚꽃.

식재료와 꽃이라는 차이는 있지만 그 나라, 그 땅에 사는 사람들이 그 계절에만 즐길 수 있는 걸 맘껏 누리는 감각은 그런 데 친숙하지 않은 사람은 이해하기 어려운 것이다.

화이트 아스파라거스가 맛있는 기간은 겨우 몇 주일 동안이라고 한다. 벚꽃이 만개하는 것도 겨우 며칠이다. 만약 1년 내내 화이트 아스파라거스가 나고 벚꽃이 핀다면 얼마나 재미없을까. 금방 사라져버릴 것이기에 있을 때 충분히 즐겨야 한다는 마음이, 기쁨과 가슴 뛰는 느낌을 만들어내는 게 아닐까.

인생과도 아주 흡사하다.

젊을 때는 젊을 때만의 즐거움이 있다. 밤늦도록 밖에서 놀거나 유행하는 옷과 신발이 갖고 싶어지거나 새 가게가 문을 열면 바로 달려가거나 하는 것은 젊을 때의 즐거움이다.

그 나이 때만 즐길 수 있는 것, 그 사람이 그때밖에 할 수 없는 것은 무수히 많다. 하지만 그때 즐겼던 것들 중에는 나이가 들면서 시들해지는 것도 많다. 그런데도 사람들은 언제까지나 젊을 때와 똑같은 것을 즐기고 싶어 하는 것 같다. 그것은 벚꽃이 1년 내내 피어있기를 바라는 것과 마찬가지이다. 불가능한 바람이다.

젊지 않으면 즐길 수 없는 것이 있듯, 나이를 먹지 않으면 할 수 없고 즐길 수 없는 것도 분명 있다. 그것을 발견하는 것이 어려운 것은 나이를 먹는 방식이 사람에 따라 다르기 때문이다. 일률적으로 적용되는 모델케이스가 있을 수 없는 것이다.

각자가 지금 이때 할 수 있는 것은 무엇인가를 이리저리 생각하고, 하나하나 마음을 담아 해나가는 가운데 기쁨과 가슴 뛰는 느낌이 서서히 퍼져가는 법이다. 그것이야말로 인생의 진짜 즐거움이 아닐까?

고양이와 이웃

몇 개월 전, 동네 상점가 안에 있는 커피숍 체인의 게시판에 벽보가 한 장 붙었다. 처량한 얼굴을 한 새끼 고양이의 사진과 함께 "용기 있는 이 고양이에게 집을!"이라는 제목이 달려있었다. 뭔가 싶어 여러 장의 사진과 글을 자세히 들여다보았다.

새끼 고양이 한 마리가 근방에서 고양이 혐오로 악명이 자자한 노인의 집 나무에 올라가 오도 가도 못한 채 포획 처분만 기다리고 있다. 이 새끼 고양이를 돌봐줄 집사를 찾는다는 내용이었다. 고양이 혐오 노인의 집에 들어간 새끼 고양이의 안위가 마음에 걸려, 가게에 들어갈 때마다 혹시 집사를 찾았나 하고 그 벽보부터 확인하곤 했다.

우리 집엔 이미 고양이가 두 마리나 있으니 더 들여 키울 여유는 없었다. 고양이를 좋아하는 친구 집에도 벌써 세 마리. 누군가가 집사가 되어주면 좋겠다고 속으로 기도했다.

　그러다가 얼마쯤 지났을 때 '집사 결정'이라는 큰 글씨가 눈에 들어왔다. 마침내 집사를 찾은 것이다. 깔끔한 모습의 새끼 고양이가 새 주인과 함께 찍은 사진이 게시되어 있었다. 고양이의 표정이 한숨 돌린 것처럼 보인 것은 내 마음의 투영이었을까.

　다행이네, 하며 점원과 이야기를 나누려니, 하루에 한 번 이상은 꼭 손님들 사이에서 이 일이 화제에 오른다지 뭔가. 그만큼 마음 쓰는 사람이 많았던 것이다. 새로운 주인 품에 안긴 고양이 사진을 보고 고양이 혐오 노인이 "고양이도 의외로 귀여운 구석이 있네." 했다는 말을 듣고는 절로 웃음이 났다.

　문득 벌써 10년도 더 전에 도쿄 아오야마의 골목길에서 본 늙은 고양이가 생각났다. 차가 거의 들어오지 않는 조용한 골목이었고 봄이 되면 벚꽃이 남몰래 피는, 내 맘에

쏙 드는 산책길이었다. 그 골목에 늙은 고양이가 한 마리 살았다.

예쁘다고 말하기는 어려웠지만 사람을 잘 따라서 지나가면 반드시 야옹 하고 인사를 해주었다. 골목에 늘어선 여러 채의 작은 집 마당에 고양이용 물그릇과 사료 접시가 있어서, 그중 어느 집인가의 고양이일 거라고 짐작했다. 비록 늙기는 했지만 혈통도 좋고 통통하게 살이 찐 데다 사람을 무서워하지 않았기에 누군가가 소중히 키우는 고양이로구나 싶었다. 그 길을 지날 때마다 고양이의 나이가 얼마나 될까 궁금해하면서 아직 잘 있나, 또 만날 수 있을까, 늘 생각했다.

어느 날, 고양이의 물그릇이 놓여있는 집 마당에서 빨래를 널고 있는 중년 여성을 보았다. 마침 늙은 고양이가 가까이 있기에 여성에게 인사를 하고 고양이의 나이를 물어

보았다. "아마 열다섯 살도 넘었을 걸요." 하는 대답이 돌아왔다. 그리고 원래 이웃 할머니가 키우던 고양이인데 그 할머니가 돌아가신 뒤, 이웃 사람 모두가 함께 돌보고 있다는 이야기도 들었다. 근처 집들에 물그릇, 밥그릇이 나란히 놓여있는 게 그 때문이었다는 데 생각이 미치니 살짝 가슴이 뜨거워졌다. 성가신 동물 취급을 당하는 고양이에게 물과 먹을 것과 땅을 제공하는 마음, 그리고 이웃들 간의 유대가 마음을 훈훈하게 했다.

마음의 행복은 타인과의 깊은 유대에 있다고 한다. 이웃과의 유대가 갈수록 더 옅어져 가는 요즘이지만, 고양이 두 마리가 매개한 이웃들 사이의 정에 아직은 괜찮구나, 하는 생각이 들었다.

잘나가지 않아도 괜찮아

매일 아침 7시 반에서 8시면 회사에 출근해 일을 시작하는 A씨는 오후에도 8시, 9시가 지나도록 일을 계속한다고 한다.

"네? 그렇게 바쁜 업무를 맡고 계세요?" 하고 놀라 물으니 그렇지는 않다는 대답. "그럼 일을 좋아하시는 거로군요?" 하는 질문에 돌아온 답은, "아니요, 아주 싫어해요."

회사가 강제해서 그렇게 늦게까지 일하는 것도 아니고 다들 늦도록 일하는데 혼자만 퇴근할 수 없어서 그러는 것도 아니라고 A씨는 이야기를 계속했다.

그렇게까지 열심히 일하는 이유는 단 하나, "인정받고 싶어서"이고 "일 못하는 사람으로 보이고 싶지 않아서"라고.

그제야 무슨 말인지 이해가 됐다.

더 얘길 들어보니, 설령 일 못하는 사람으로 찍힌다한들 해고될 일은 없다고 했다. 다만 지금 속해있는 곳이 대

외적으로도 '잘나가는' 부서이기 때문에 다른 곳으로 가고 싶지 않아서 열심히 일한다는 것이다. 다른 부서로 옮기면 월급이 낮아진다거나 하는 문제가 있는 것도 아닌 모양이다. 잘나가는 부서에 있기 위해 몸과 마음이 모두 지칠 대로 지쳐버려야 하다니 안타까운 일이었다.

우리는 '다른 사람에게 어떻게 보이는지' 신경 쓰느라 '어떻게 하면 잘 살까' 하는 문제를 내팽개치는 경향이 있다.

A씨도 처음에는 결코 일을 싫어하지 않았을 것이다. 타인에게 인정받기 위해 지나치게 열심히 일하다보니 지쳐버린 경우라고 생각한다.

남의 눈을 의식하거나 '잘나가는 사람'이 되고 싶거나, 다른 사람들로부터 좋은 평가를 받고 싶은 건 인지상정이지만 그 정도는 사람에 따라 다르다. 그런데 무리가 될 정도로 '잘나감'을 추구하느라 몸과 마음이 내는 비명을 무시하면 심신의 밸런스가 무너지는 법이다.

위장 장애 때문에 두통까지 심해져서 찾아온 한 여성은 하는 일이 자신하고 전혀 맞지 않는다고 했다. 주변 사람들이 '잘나간다'고 생각하는 직장에 취직했기 때문에 일이 안 맞아도 꾹 참고 회사를 다니고 있다. 다른 업종으로 전직할 실력은 충분하지만 계속 '잘나가는' 직장에 다니고 싶어 그렇게 하지 않는다는 것이다.

사람은 스스로의 생활을 점검하지 않으면 안 될 상태가 되고서야 비로소 자신이 타인의 시선이나 평가에, 남들에게 어떻게 보이고 무슨 말을 듣는가에 얼마나 신경을 쓰고 있었는지를 깨닫는 법이다. 극소수 인생의 달인을 빼면, 대부분의 사람들은 그런 문제를 놓고 날마다 이리저리 고민하거나 우울해하며 산다.

그래서 한 가지 제안을 해본다. 자신이 의기소침해질 때면 그렇게 된 이유 가운데 '타인의 시선'이 어느 정도를 차지하는지 따져보는 것이다. 그러고 난 뒤, '나는 내가 할 수 있는 것을 한다. 다른 사람이 어떻게 생각하든 그건 그 사람의 자유'라고 마음속으로 중얼거려보자. 그러면 마음이 리셋되는 걸 느낄 수 있다.

고양이처럼 '다른 사람이 어떻게 생각하든 상관없이 자유롭게' 살 수는 없겠지만, 늘 '잘나가는' 내가 아니어도 좋다는 자세는 꼭 필요하다.

공백의 시간

나이 들어가면서 잃는 것은 '공백의 시간'이라는 걸 문득 깨달았다.

전혀 계획한 바 없이, 마음 가는 대로 행동하고 그 마음과 마주 보는 새하얀 시간. 그러한 한때는 성장하는 과정에서 자꾸만 사라져간다.

태어나자마자부터 보육원에 다니고, 피아노니 그림이니 발레니 하는 레슨 스케줄로 바쁜 일상을 보낸 뒤, 스마트폰으로 게임하고 대화하는 요즘 아이들은 어쩌면 어른보다 '공백의 시간'이 더 적을지도 모르겠다.

나의 경우 '공백의 시간'이 없어지면 극심한 피로를 느낀다. 안 되겠다 싶을 땐 일을 마친 후 짧게라도 혼자 카페에 들러 '공백의 시간'을 만든다.

메일을 확인하지 않는다. 책을 읽지 않는다. 아무것도 하지 않는다.

그 대신 내 마음을 들여다본다.

테이크아웃 커피를 들고 빌딩 가까이 서있는 나무들 옆 벤치에 앉아 바람의 기운을 느끼고 초록 향기를 맡는다. 고작 10분 남짓한 아주 짧은 시간이지만 이걸로 스트레스 응급 처치가 된다.

사람은 이런 '공백의 시간'이 없으면 쉽사리 마음이 지쳐버리는 법이다.

그렇다면 휴일에 이런 시간을 많이 만들면 되지 않을까? 그러나 그것도 쉬운 일이 아니다. 대개는 주말에도 결국 바쁘니까.

밀린 청소와 세탁, 장보기가 기다린다. 세탁소에 맡긴 세탁물을 찾으러 가거나 미용실에 가야 한다. 가족끼리 외식을 하고, 아이를 데리고 놀러 나가는 부모들도 있을 것이다. 평일보다 스케줄이 더 빡빡해서 자신과 마주 보는 건 꿈도 못 꿀 일이 되어버린다.

그러니 '공백의 시간'은 의식적으로 만들어야 한다. 만들겠다는 굳은 의지가 필요하다.

가끔 휴일이 시작되면 감기에 걸리거나 몸 상태가 나빠졌다가 휴일이 끝날 때쯤 활기를 되찾는다는 사람이 있다. 모처럼의 휴일에 감기로 아무것도 못했다고 애석해하는 소리를 듣는데, 그러지 말고 때맞춰 '공백의 시간'이 와준 거라고 생각하면 어떨까.

"좀 쉬세요, 아무것도 하지 말고 자신을 마주 보아줘요." 라고 몸이 신호를 보낸 걸로 받아들이자는 말이다.

'정신이 들다'라는 말이 있다. SNS나 인터넷 등 밖으로부터의 자극 속에서 정신없이 사는 지금, 이 말의 뜻과 소중함을 통감한다.

일을 하고 동료나 가족과 함께 시간을 보내는 것도 중요

하지만, 오롯이 자기 혼자서 보내는 '공백의 시간'도 그 못
지않게 소중하다.

비록 돈이 되지 않더라도

"아까워."라는 말을 들으면 여러분은 어떤 것이 떠오르는지?

예를 들면, 시장에서 사온 채소를 냉장고 구석에 넣어둔 채 까맣게 잊고 있다가 상해서 버리게 되면 아깝다. 아직 충분히 입을 수 있는 옷을 쓰레기통에 던져 넣는 걸 보면 아깝다. 아파트 쓰레기장에 대형 쓰레기 스티커를 붙여 놓아둔 훌륭한 소파나 사무용 가구를 봐도 아깝다.

잠깐 떠올린 것만으로도 세상에는 아까운 것들이 참 많다.

이렇게 '아깝다'는 말에서 우리가 보통 떠올리는 것은 물건이나 식품이 대부분이 아닐까 싶다. '아깝다'는 마음은 아직 쓸 수 있는 것을 쓰지 않고 버리거나 다르게라도 활용할 수 있는 것을 그냥 낭비했을 때 저도 모르게 생기는 마음이다.

그런데 나는 요즈음 사람들의 이야기를 듣다가 아깝다

는 생각이 들 때가 자주 있다.

50대의 A씨는 경제적으로나 가족 관계에서나 생활 만족도가 그런대로 괜찮은 편인데 자기 평가가 낮다. 이 시대에 경제적으로 불안하지 않은 것은 축복받은 일이라고 할 수 있건만, 그럼에도 이 사람은 자기 자신에 대한 만족도가 낮고 충실감을 느낄 수 없다고 한탄한다.

"결혼 전에 하던 일이 있었는데 재능이 없어서 그만두고 그 후로는 쭉 전업주부"라는 그녀는 젊어서 미술을 전공하고 미술 계통의 일을 했었다. 그러나 제작한 작품은 팔리지 않았고, 계속해봤자 돈을 벌 수 없었기 때문에 그만둬 버렸다.

이야기를 듣고 "그거 참 아깝네요." 하고 나도 모르게 중얼거렸다.

'팔린다, 안 팔린다', '돈을 번다, 못 번다' 하는 관점에서 보자면 작품을 만들었는데 팔리지 않을 경우, 거기에 들어간 재료비나 시간, 노동력, 새로운 것을 생산하기 위해 쓴 에너지는 모두 낭비로 보일 것이다. 그러나 관점을 달리해 '갖고 있는 능력'이라는 측면에서 바라보면 어떨까. 새로운 것을 만들어낼 수 있는 에너지를 쓰지 않고 자기 안에 묻어두기만 하는 것이야말로 아까운 일이 아닐까. '할 수 있는 일을 안 하면' 뭔가 불완전연소된 것 같은 기분이 남지 않을까.

손해인가 이득인가, 돈이 되나 안 되나, 하는 계산은 중요하고 또 필요하다. 생활이 유지되지 않는 일만을 하고 살 수는 없으니까. 그러나 거꾸로 돈이 될 만한 것만 하겠다고 들면, 자신이 가진 능력을 묵혀둔 채 평생을 보내버리는 꼴이 될 수도 있다. 생활의 한 부분으로 '돈이 되지는 않지만 내가 할 수 있는 것'을 더해놓으면 마음의 에너지

또한 더해질 수 있다.

　사람은 본래 자신이 갖고 있는 힘이나 열정을 말끔히 다 쓰며 살고 싶은 법이다. 그러니 우리, 갖고 있는 힘을 아깝게 버려두지 말고 다 쓰고 가자.

너무 가깝지도,
너무 멀지도 않은

40대까지는 일식뿐만 아니라 이태리와 프랑스 요리에도 가는 식당을 따로 정해놓고 다녔다. 하지만 이제는 그러지 않는다. 이유를 대자면 여러 가지가 있지만 가장 큰 이유는 '단골'이 되는 게 싫어졌기 때문이다.

단골 가게가 생기면 당연하게 단골손님이 된다. 종업원들이 나를 알아보고, 셰프하고도 친해져서 결국에는 알게 모르게 특별 대우를 받게 된다. 예약이 꽉 차 있어도 융통성을 발휘해준다거나 서비스 요리가 한 접시씩 나오기도 하는 것이다.

세상에는 그런 예외적인 대접을 좋아하는 사람도 있을 테지만, 나는 그런 대접을 받으면 어쩐지 불편해지는 쪽이다. 만약 그 가게에 처음 온 손님이 있는데, 옆자리에만 특별 요리가 나온다는 사실을 알면 기분이 나쁘지 않을까? 혹은 옆자리 손님이 단골이라며 셰프와 친근하게 대화를 나누는 광경에 괜한 소외감을 느끼면 어쩌나. 그런 생각들이 들어서 마음이 거북하다.

단골인데 한동안 발걸음이 뜸해지면 공연히 미안해지는 것도 불편한 일이다. 단골 리스트에서 빠지는 것도 서운하고, 그렇다고 스케줄이 꽉 차 있는데 일부러 찾아가기도 뭐해서 고민하다가 지쳐버린다. 익숙하거나 친한 느낌은 편안하지만 새로운 것에 대한 호기심이나 기대는 채워주지 못한다.

그래서 결국 지금은 단골 식당이 없는 상태다.

이것은 거리감의 문제일 것이다. 너무 가깝지도 너무 멀지도 않은, 딱 좋은 거리에서 상대와 관계하는 것은 정말로 어려운 일이다.

'고슴도치 딜레마'라는 유명한 비유가 있다. 고슴도치는 너무 가까우면 서로의 가시에 찔려 상처를 입는다. 그러나 너무 떨어지면 춥다. 그래서 둘은 서로 상처 입히지도, 추워지지도 않는 거리를 찾아내 함께 살아야 한다. 적정한 거리 두기의 중요성을 일깨우는 비유다.

우리는 친구나 이웃과, 혹은 직장의 인간관계에서 적정하게 거리 두는 법을 몰라 스트레스 받는 일이 무척 많다. 그렇다면 관계에서 알맞은 거리의 기준은 무엇일까.

부담감이나 의무감으로 지쳐 떨어지지 않을 수 있는, 딱 적당한 거리는 사람마다 다르다. 싫다고 생각하면서도 무리해서 일을 맡거나 거꾸로 상대에게 과한 요구를 하는 상황은 거리가 너무 가까운 경우다.

가끔씩 들르는 커피숍 중 하나에, 커피를 무척 맛있게 내리는 젊은이가 있었다. 낯이 익어 서로 인사는 하지만 특별 대우는 없는 관계다. 내가 들렀을 때 있는 날도 있고 없는 날도 있었다.

2년쯤 지난 어느 날, 그 젊은이가 "이번 달로 그만두고 캐나다에 가서 일하게 됐습니다." 하는 거였다. 매니지먼트 자격을 가지고 있어서 해외 기업에 취직하게 됐다고 했다. 이런 개인적인 이야기를 한 것은 커피숍을 그만두기 1주일쯤 전인 그때가 처음이었다.

　깊은 관계를 맺은 바는 없지만 이후로도 그 가게에 가면 '그 젊은이, 지금은 어떻게 지내고 있으려나?' 궁금해진다. 너무 가깝지도 너무 멀지도 않고 살짝 마음이 부드러워지는 거리였다고 기억한다.

　사람마다 적당하다고 생각하는 거리는 다 다르다. 그래서 그에 대해 생각하는 건 항상 흥미로운 일이다.

'나 말고는 없다'는 생각

태풍급 저기압이 일본 열도를 통과한 다음 날, 그 여파로 도쿄 도내에는 아직 강풍이 불고 있었다. 빨강 신호가 들어와 차가 멈춰 섰을 때, 우연히 건너편 보도로 시선을 줬다가 나도 모르게 "앗!" 하고 소리를 질렀다.

지나가는 사람이 거의 없는 길에서 자전거를 타고 가던 중년 여성이 빌딩 사이로 불어온 바람에 맞아 넘어졌기 때문이다. 여자는 자전거를 다시 일으켜 세우려 애썼지만 바람이 거세 좀처럼 뜻을 이루지 못했다. 그 사이 자전거 바구니에 실려있던 쇼핑백에서 과일이 쏟아져 나와 차례차례 보도 위로 굴렀다.

어쩌나 하고 조마조마한 마음으로 바라보고 있는데, 근처를 지나던 젊은 여성이 얼른 달려와 자전거 세우는 것을 돕고 구르던 과일도 하나하나 주워 중년 여성에게 건네주었다. 겨우 1분여만의 일이었다.

함께 차를 타고 있던 사람이 그 광경을 보고, "훌륭하네, 저렇게 젊은 사람이." 하고 중얼거렸다. 근처에 그 젊은 여성 말고는 도울 사람이 없었다. 그녀도 그걸 알았고, 그래서 즉각 판단을 내려 망설임 없이 행동했을 것이다.

이처럼 '나 말고는 없다'는 생각은 행동의 원동력이 된다. '나 말고도 누군가 있을 거'라고 생각하는 사람은 행동하지 않는다. 주변에 목격자가 많을수록 아무도 선뜻 나서서 돕지 않는다는 논문을 읽은 적이 있다. 요즘 젊은이들은 의욕이 없다느니 자기밖에 모른다느니 말들이 많은데, 과연 그럴까. 어쩌면 '나 말고는 없다'고 느낄 환경이나 체험이 부족해서 행동할 수 없는 것은 아닐까.

'나 말고는 없다'는 생각에서 우러나는 무거운 책임감은 사람을 강하게 만든다. 예전의 내 제자 중 하나는 아버지가 직장을 잃어 수입이 없어지자, 한 학기 휴학을 하고 아르바이트로 학비를 마련한 뒤 복학해 다시 공부하는 과정을 반복하며 학업을 이어갔다. 내가 직업을 가지게 된 것도 초등학생 때부터 "부모는 언제까지나 살아있는 게 아니니 스스로 살아갈 수 있도록 하라."는 아버지의 말을 들었기 때문이다. 의사가 되고 난 뒤 병원 당직 등으로 고된 시간을 보낼 때에도 '나 말고는 없는' 상황이 나를 지탱해주었다.

그런데 최근 손자에게 1,500만 엔까지 비과세로 증여할 수 있는 제도가 생겼다고 한다. 나는 1,500만 엔이라는 금액에 상당히 놀랐는데, "뭐? 그것밖에 안 줘?"라고 말한 젊은이가 있다는 지인의 말을 듣고 더욱 놀랐다. 젊은이가 일을 시작하는 것은 스스로 생활하는 데 필요한 돈을 벌기 위해서일 텐데, 만약 시작도 하기 전에 1,500만 엔이 생겨버리면 과연 일할 의욕이 생길까?

부모나 조부모가 뭔가 해줄 거라고 기대하는 젊은이는 첫걸음을 떼기가 어려워진다. 아이를 응석받이로 키우지 말라고 하면서 실행하는 정책은 거꾸로 젊은이의 힘을 빼앗는 쪽으로 가고 있으니 안타깝기 그지없다.

정책 당국은 잠재력을 가진 젊은이들이 사회로 올바르게 진출할 수 있는 환경이 무엇인지, 좀 더 깊이 생각했으면 한다.

우선, 듣는다

50대 A씨의 아내는 마침 갱년기다. 두 자녀는 입학시험을 마치고 각각 고등학교, 중학교로 진학하여 한숨 돌렸는데, 부부간에는 사소한 일로 날마다 말다툼이 일어난다.

몇 년 전 부부는 교외의 단독주택을 구입했다. 처음 이사했을 때만 해도 주거 환경이 나쁘지 않았다. 그런데 주위에 집들이 하나둘 들어서기 시작하자, 자동차 통행량은 많아지고 이웃집 아이들은 시끄럽게 굴고 귀찮아도 이웃과 교제를 해야만 했다.

그런 일로 아내가 불평하는 걸 들을 때마다 A씨는 난감하다. 속으로 이웃 애들 목소리까지 나보고 어쩌라고, 하는 생각이 들면서 "그래도 전에 살던 집보다 넓고 편하잖아.", "근처에 집에 많이 생기니까 대형 마트도 들어온 거지." 하는 식으로 대응을 하는데, 그러면 대화는 왠지 감정적인 방향으로 흐르고 만다.

A씨는 일 때문에 평소 귀가가 늦는 편인데, 아내와 말다툼을 하고 나온 날이면 되도록 일찍 귀가하려고 노력한다. 그런데 기껏 일찍 돌아가면 "이렇게 일찍 올 수 있으면서 평소에는 왜 그렇게 늦는 거야!" 하고 추궁을 당한다. 그런 말을 들으면 A씨도 그만 울컥해져서 다시 싸우게 된다고.

그런데 '이 패턴, 우리 집하고 비슷한걸.' 하고 생각하는 사람이 많지 않을까.

부부가 대화할 때 이런 식으로 자꾸 어긋나는 건 대부분 '듣고 받아들이는 방법'을 모르기 때문이다. 엇갈림을 방지하려면 상대가 무엇을 원하는지 헤아릴 줄 알아야 한다.

그럼 A씨의 부인이 원한 건 무엇이었을까?

늘 귀가가 늦는 남편은 아내가 하루 종일 집에서 어떻게 생활하는지 모른다. 부인은 남편이 주위에 집들이 늘어나 이웃과의 교류가 번거로워진 걸 알아줬으면 싶다.

그런데 A씨는 아내의 이야기에 귀를 기울여 '듣고 받아들이는' 단계를 밟지 않고 대뜸 문제 해결 단계로 넘어가 버린다. 듣는 것이 아니라 조언을 하는 것이다. 부인이 원한 건 문제 해결이 아니라 그냥 들어주는 것이었는데 말이다. 애초에 "아아, 그렇구나. 이웃하고 왕래할 일도 많아졌겠네. 그거 참 귀찮겠다." 이런 한마디면 충분한 일이었다.

일단 한번 대화가 어긋나면 아내 편에서도 순순히 남편이 바라는 대로 나오긴 어렵다. A씨는 아내가 "오늘은 일찍 돌아와서 같이 저녁을 먹을 수 있네."라며 기뻐해주길 바라겠지만 아내는 곱게 그런 말이나 하고 있을 심사가 아닌 것이다.

이런 어긋남을 방지하려면 성급하게 자신의 의견을 제시하기보다 상대방의 이야기를 '듣는' 게 먼저다. 이것만 제대로 할 줄 알면 부부 사이든 부모자식 사이든 큰 문제는 일어나지 않는다. 그런데 대부분은 자기도 모르게 조언부터 하려 든다. 상대가 고민거리를 안고 있을 때 '빨리 해결해야지.', '뭔가 도움을 줘야 해.'라는 마음이 작동하기 때문일 것이다.

이제부터는 선의에서 시작되었을 그 마음의 방향을 살짝 바꿔보시길. 엇갈림을 막으려면 문제가 무엇인가보다 우선 상대방의 마음이 어떤지 알려고 하는 자세가 필요하다.

뭐든 잘 먹습니다 ✂

요즘 레스토랑에 가면 "못 드시거나 싫어하는 음식은 없으신가요?" 하는 질문을 종종 받는다. 알레르기를 염려해서일 것이다. 그럴 때 "괜찮아요.", "특별히 없습니다." 하는 사람들을 보면, 같은 대답을 하더라도 세대에 따라 뭔가 차이가 있다는 것을 느끼게 된다.

어느 연령대 이상인 경우, "뭐든 가리지 않고 잘 먹어요."라고 대답하면서 미묘하게 자랑스러워하는 듯한 분위기를 풍기는 경우가 많다. 반면, 젊은이들이 "특별히 못 먹는 건 없습니다."라고 할 때는 단지 사실을 전달한다는 인상 외에 다른 건 느껴지지 않는다.

왜 이런 차이를 보이는 걸까 생각하다가 어린 시절 자주 들었던 '뭐든지 잘 먹어야 튼튼한 아이'라는 표어가 떠올랐다. 내가 어렸을 때에는 뭐든 가리지 않고 잘 먹어야 착한 아이이고 편식은 좋지 않은 것이라고 배웠다. 그러다 보니 먹고 싶지 않은 것도 무리해서 먹어야 할 때가 많았다.

초등학교 때 몸집이 작았던 나는 덩치가 큰 아이들과 같은 양을 먹는 것이 힘들었고, 그래서 학교 급식 시간이 우울했다. 같은 학년이니까 같은 양을 먹는 게 아니라 체구에 따라 서로 다른 양을 정해주었으면 좋겠다고 어린 마음에도 생각했었다.

알레르기가 있는 아이도 요즘보다는 훨씬 적었기 때문에 뭐든 잘 먹는 것은 '착한 아이를 알아보는 쉬운 방법'이었다. 뭐든 잘 먹는다는 것이 그 사람의 인격과 결부되었던 것이다.

지금 50대 이상인 사람들에게는 이런 어린 시절의 기억이 남아있을지도 모르겠다. '뭐든지 잘 먹는 것'을 자랑스러워하는 것 같은 분위기는 이 기억 탓이 아닐까 생각한다.

그런데 젊은 세대는 다르다. 알레르기나 아토피로 특정

식품을 못 먹는 것은 '몸'의 문제이지 그 사람의 '의지'나 '인성'과 무관하다는 인식이 일반적이다. 밀가루나 메밀, 유제품을 못 먹는다고 하여 그 사람이 잘못된 인간이라고 생각할 수는 없다. 못 먹는 것은 단순한 사실이며 그 사실에 콤플렉스를 느끼지 않아도 된다는 것을 요즘 젊은이들은 알고 있다. 그들에게 물으면 알레르기를 가진 사람이 많기 때문에 자연히 그런 상황을 받아들이게 됐다고 한다. 나는 젊은 세대의 이런 감각은 참 좋다고 생각한다.

그러나 '못 먹는 음식이 있는' 사람에게는 여전히 괴로운 면이 있다. 알레르기를 일으키는 식품을 피하는 일만으로도 성가신데, 다른 사람들과 함께 식사할 때 그 이유까지 설명해야 하는 경우가 많기 때문이다. 동료들 사이에서라면 몰라도, 처음 만난 사람과의 자리나 그다지 친하지 않은 업무상 식사 모임에서는 그런 것을 일일이 설명하는 일이 매우 곤혹스러울 것이다. '뭐든 잘 먹는 것이 좋은 것'이라는 의식이 남아있는 세대의 사람과 식사를 할 경우에는 더더욱.

　그러니 이 글을 읽는 독자 분들은 남들이 무엇을 먹고 안먹고 못 먹고 하는 걸 그 사람의 인격과 결부지어 생각하지 않았으면 좋겠다. 음식은 사람이 건강하게 생활하도록 해주는 양식이다. 누가 무엇을 먹든 안 먹든 그건 당사자가 알아서 할 문제. 따로 관심을 두지 말고 가볍게 넘기자.

똑똑해서 불편한 기계들

업무상 사람을 만나 저녁 식사를 하는 일은 1년에 몇 번 되지 않는다. 거의 매일 집에서 직접 저녁을 지어 먹는데 가장 잘하는 것은 소위 '구이'이다. 요정에서 최상급 요리사는 하나이타 (요리장)이고 그 아래가 쓰기이타 (부요리장)인데, 나는 주위 사람들이 '야키가타*'라는 별명을 붙여 줄 정도로 구이에는 자신이 있는 편이다.

원래는 임대주택에 설치되어 있던 단순한 레인지를 사용했는데 이 조리기가 고장이 났다. 단종된 제품으로 부품 재고가 없어진 지 오래라 수리는 불가능. 임대라서 내 마음대로 구입할 수는 없고, 집주인이 지정한 최신형 레인지를 설치했다.

새 레인지를 달자마자 잔뜩 기대에 차 생선을 굽기 시작했다. 그런데 예전 것과 조금 느낌이 달랐다. 삐이삐이 하는 전자음이 자꾸 났는데, 특히 생선이 익기 시작하면 소

* 우리말로 '굽는 법'이라는 뜻.

리가 나면서 자동으로 불이 약하게 바뀌는 것이었다.

나는 보통 센 불로 한 번 확 익히고 난 뒤에 불 조절을 한다. 무엇보다 생선 껍질을 바삭하게 만들기 위해서는 마지막 순간에 몇십 초간 강한 화력이 필요하다.

그런데 새 레인지는 화력이 충분히 올라오기도 전에 알아서 약해져 버렸고 마지막에 가서는 절대로 센 불로 구울 수 없게 되어있었다. 전자음을 무시하고 화력을 세게 유지하려 했더니 자동으로 불이 꺼지는 바람에 또 깜짝.

이 조리기, 임대주택 관리자에게는 안심이 되겠구나 싶었다. 불을 켜놓은 채로 두게 될 위험은 없으니까. 하지만 요리를 할 때의 기쁨은 거의 전부 사라지고 말았다.

요리의 즐거움은 재료에 따라 불의 세기를 조절해가며 변화를 주는 맛에 있다. 타기 직전까지 불꽃을 키웠다가 적절한 순간에 알맞게 조절하는 건 내겐 일종의 창조 작업이었다.

안전하고 실패도 없겠지만 똑똑한 기계란 이 얼마나 불편한가, 하고 혼자 중얼거리다가 문득 카메라도 똑같다는 생각이 들었다.

필름을 사용하던 예전의 일안 리플렉스 카메라는 무겁고, 현상하는 데 수고를 들여야 하고, 실패도 많았지만 지금의 디지털 카메라에 비길 수 없는, 사진을 찍는 기쁨이 있었다. 날씨에 맡겨야 하고 그 자리에서 확인도, 나중에 편집도 못하는 가운데, 한 장 한 장 신중하게 누르는 셔터. 그 한순간의 집중이 주는 기쁨.

똑똑한 기계는 우리에게서 긴장감과 집중, 창조의 즐거움을 빼앗아가는 게 아닌가 싶다.

요즘에는 편리해진 기계들이 인간 기능의 일부를 대신해준다. 차도 휴대전화도 컴퓨터도 점점 더 편리해지고 기억은 컴퓨터의 몫이 되었다. 덕분에 이제 우리는 전화번호도 나 자신과 가족의 것을 외우는 것이 고작이다.

신체 활동이 줄어서 운동 부족인 사람이 늘어나는 것도 문제인데, 앞으로 집중력이나 창조하는 즐거움까지도 기계가 대신하게 된다면 인간은 어떤 모습이 될까?

그런 생각을 하고 있는데, 한 학생이 "선생님, 이런 편리한 앱이 있어요." 하고 가져온 것은 작곡 소프트웨어. 적당히 누르고 있으면 화음이 자동적으로 만들어져 곡이 된다고 한다. "이걸 쓰면 절대로 불협화음이 되지 않아요."라는 말을 듣고 나는 속으로 신음했다.

생선이 타거나 불협화음이 되기 직전, 한계에 다다르기 일보 직전을 판별하는 집중력이야말로 창조의 진정한 즐거움이거늘.

똑똑한 기계, 이 얼마나 불편한가.

버리지 않는 인간, 예 있소

최근 "안 쓰는 물건은 버리고 단순하게 살자."는 말이 유행이다. 그런 테마의 책들이 나오고 잡지에서도 자주 다뤄지고 있다.

나도 확실히 그러는 게 좋다고 생각은 한다. 단지 생각만 할 뿐 실행을 못해서 문제이지만.

바로 엊그제에도 '1년 동안 한 번도 안 입은 옷을 앞으로 입을 리가 없어.'라고 생각하며 옷장 정리를 했는데, 결국 버린 옷은 몇 벌 없이 다시 원래대로 수납하고 나서 혼자 쓴웃음을 지었다.

하지만 덕분에 하게 된 옷장 점검의 성과는 컸다. 약 30년 전에 구입한 재킷과 20년 전에 구입한 원피스 몇 벌을 발견했다.

예전에는 마음에 들어 즐겨 입었는데 최근 10년 동안은 전혀 걸치지 않았던 것들이다. 옷을 살 무렵 유행했던 어

깨 패드나 조금 긴 듯한 기장이 시대에 뒤처진 느낌을 주었기 때문이다. 하지만 무척 아꼈던 옷들인 데다 원단도 만듦새도 좋았기 때문에 버리지 못하고 그대로 넣어두었었다.

그동안 따로 쇼핑을 하거나 세일 기간에 맞춰 옷을 사러 갈 틈도 없이 바빠서 마침 여름에 입을 옷이 아쉽던 터였다. 재발견한 옷들을 수선해보기로 했다.

수선이라고 해봤자 대대적인 게 아니라 어깨 패드를 빼거나 길이를 줄이거나 하는 정도였지만, 그렇게만 했는데도 클리닝해서 옷걸이에 걸었더니 보기 좋았다. 심플한 디자인 덕에 30년 나이를 먹은 옷인데도 꽤 괜찮았다.

새로 태어난 옷을 살펴보니 요즘 제품에서는 볼 수 없는 뭔가가 있다. 재질도 특별히 부드럽고 주머니를 바이어스 처리하는 등 자잘한 데에서 아이디어가 빛난다.

요즘 옷들은 무척 세련되고 감각적이다. 싸고 튼튼하고 세탁법도 까다롭지 않다. 하지만 그것이 앞으로 20년을 가지고 있고 싶을 정도로 매력이 있나, 하고 묻는다면 답은 "글쎄올시다."이다.

생활하는 스타일은 사람마다 각양각색이다. 몇 년간 입지 않은 것들을 싹 처분하고 산뜻하게 생활하는 것도 좋지만 오래된 옷을 조금 고쳐 입는 것도 좋은 선택지가 아닐까. 단추를 바꿔 달거나 벨트를 하고 스카프를 두르는 등 나름대로 변화를 주면 어느 정도 시대에 맞는 옷이 된다.

30년 전 옷이라니, 사실 터무니없이 오래됐다. 그렇지만 특별히 정성 들여 손질을 하지 않았는데도 옷장 구석에서 상하지 않고 시간을 견딘 것, 그리고 약간 손본 걸로 요즘 시대에도 통하는 것을 보면서 어떤 에너지를 느끼게 된다.

오래 되었어도 버리지 못하는 것에는 공통되는 뭔가가

있다. 책이든 식기든 필기도구든, 애착이 가는 것이라면 굳이 없애지 않고 간직하는 것도 좋지 않을까.

1년 내내 안 입은 옷은 아마 올해도 입지 않을 것이다. 하지만 10년 후에는 입을지도 모른다고 생각하는 것은 즐겁다.

버리지 않는 인간, 여기 있소이다!

반 글로벌리즘 가게

오늘 아침 먹은 사과는 뉴질랜드산이었고 요구르트에 넣은 블루베리는 일부 치바산, 일부 미국 오리건산이었다. 어젯밤에는 무얼 먹었더라, 따져보니 근해의 전갱이와 지중해 부근의 문어였다. 인터넷으로 구입한 화장품은 북유럽에서 왔고 지금 입고 있는 티셔츠는 중국에서 만든 것.

비즈니스에서 국경이 사라진 것을 당연하게 받아들이게 된 건 언제부터일까. 어쨌든 한번 내달리기 시작한 글로벌화는 점점 가속되기만 하는 것 같은데, 그래서인지 15년쯤 전에 방문했던 이탈리아의 사르데냐 섬이 새삼 떠오른다.

사진 찍는 걸 좋아하는 나는 예전에 섬 여행을 자주 다녔다. 사르데냐 섬도 그중 하나. 섬 남단의 칼리아리에서부터 북쪽의 올비아까지 사륜구동차를 타고 다니며 사진을 찍었다.

그때 놀란 것은 한 마을에 있다가 이웃 마을로 이동하면 분위기가 싹 바뀌고 라이프스타일도 달라진다는 점이었다.

앞의 마을에서 발견했던 맛있는 벌꿀이나 치즈를 다음 마을에서는 구할 수 없었다. 자기네 마을에서는 나지 않으므로 취급하지도 않는다는 것이었다. 마을이 작고 관광객도 많지 않았기 때문이겠지만, 맛있는 벌꿀이랑 치즈를 대량 생산해서 이탈리아 전역에 팔겠다는 발상은 아예 없는 것 같았다. 그때는 사서 집에 보내고 싶어도 국제 배송 서비스 같은 건 없었고, 그렇다고 벌꿀이나 치즈를 잔뜩 끌어안고 여행할 수도 없어서 그 맛은 기억 속에만 남겨두어야 했다.

그런데 그런 옛날이 아니라 바로 지금, 국내 택배는 물론이고 세계 어느 곳으로도 발송할 수 있는 이 시대에, 그런 행위를 거부하는 반글로벌 상점이 있다는 것을 최근에 알았다. 근무하는 대학 근처에 있는 작은 화과자菓子점이다.

대학과 지하철 역 중간에 있는 그 가게는 출퇴근길에 늘 지나치는 곳이었다. 원래 화과자는 잘 먹지 않았지만 여름나

기 액땜 의식 때 먹는 6월의 화과자 미나즈키를 알게 된 뒤로
는 관심이 생겨 자주 들여다보게 되었다. 그러다가 한 번은
들어가서 미즈만주*를 사다 먹어봤는데 놀라울 정도로 맛있
었다. 더욱 놀라운 것은 상자 안에 들어있던 안내서였다.

> 당점의 화과자는 예로부터 내려온 제조법에 따라 만들고
> 있습니다. 보존료는 일체 사용하지 않고 설탕도 되도록 적
> 게 넣습니다. 따라서 지방 택배 주문은 받지 않습니다.
> 손님이 구입하신 후 개인적으로 지방에 발송하는 것도 삼
> 가주시기 바랍니다.

'이 시대에 반글로벌리즘의 극치로군.' 하는 생각이 들
어 살짝 웃음이 새어나왔다.

며칠 후 이번에는 묽은 양갱을 사보았다. 주문하고 나서
손에 받아들기까지 약간 시간이 걸렸다. 돌아와서 안내서

------

* 水饅頭, 녹말가루와 팥소로 만드는 화과자.

를 읽었다.

묽은 양갱은 혀 위에 올렸을 때 비로소 흐트러질 정도로만
굳은 상태가 가장 맛있습니다. 틀에서 빼내어 진열해두면
굳어서 맛이 떨어집니다. 당점에서는 주문을 받은 후에 틀
에서 빼기 때문에 약간 시간이 걸립니다.

나는 과연, 하고 다시 감탄했다.

하지만 글로벌화를 외치는 사람의 눈으로 보자면 효율
성도 타산성도 형편없는 제품일 뿐이리라. 일본과 전 세계
의 작은 동네에는 분명 이런 반글로벌 상점이 많이 있을
것이다. 많은 사람과 나눌 수는 없지만 가까이에 사는 사
람에게만은 특별한 기쁨을 주는 가게나 사람들.

저절로 응원하고 싶어진다.

달걀노른자와 흙 묻은 빵

친구가 가입한 회원제 스포츠클럽의 조식이 맛있다는 소문이 자자해 한번 찾아가봤다.

뷔페 형식으로 중앙 테이블에 과일과 달걀, 빵과 요구르트가 놓여있었다. 맛도 괜찮고 전망도 훌륭한데 입구에 "싸 가시는 일은 삼가주세요."라고 쓴 종이가 붙어있는 걸 보고 조금 놀랐다.

옆자리에 운동을 끝낸 맵시 좋은 젊은 커플이 앉았다. 쓸데없는 지방이라곤 몸 어느 구석에도 없어 보이는 근육질의 두 사람이 테이블 위에 가져다 놓은 접시를 보고 눈을 의심했다. 둘 다 삶은 달걀을 여섯 개씩이나 가져왔던 것이다. 합계 열둘의 달걀을 보고 내심 '이래서 가지고 가지 말라고 한 걸까?' 하는 생각이 스치는 순간, 두 사람이 달걀 껍데기를 벗기기 시작했다. 이렇게 몸매 좋은 사람들이 달걀을 여섯 개씩이나 먹을 것인가 하고 지켜보는데,

뜻밖에도 노른자와 흰자를 요령 있게 나누더니 흰자만 먹고 노른자를 모두 남기는 것이 아닌가.

나도 모르게 입에서 신음이 나왔다. 버려질 노른자를 바라보노라니 식량이 부족해 살기 힘든 사람들의 모습이 떠올라 마음이 슬퍼졌다. 예전에 아프리카 카보베르데공화국을 방문했을 때 묵은 작은 호텔에서 주 1회만 제공되던 달걀이 조식으로 나오자 "앗, 달걀이다!" 하고 기뻐했던 일이 생각났다. 카보베르데공화국은 그즈음 세계의 빈곤국 가운데 하나였다.

이미 돈을 지불했으니 누구든 먹던 음식을 남길 자유는 있다. 자본주의 사회에서는 그 사람의 권리라고도 할 수 있을 것이다. 하지만 그렇게 먹는 방식이 정말 괜찮은 걸까. 권리를 가지고 있다고 해도 실제로 행하면 품위가 없어지는 일이 있다. 혼자 독차지하거나 나누지 않는 것이 바로 그런 일. 손쉬운 예로, 초밥 집에서 돈이 있다고 참치 뱃살만을 주문해 먹는 사람을 들 수 있다. 그 사람 때문에 식당의 다른 손님들은 뱃살을 맛보지 못하게 된다.

이렇게 다른 사람과 나눌 줄 모르고 자기만 좋으면 된다는 식의 행동 양식은 도대체 어디에서 생겨난 것일까.

조금 전 언급한 아프리카의 카보베르데공화국은 아프리카 대륙의 서쪽, 대서양에 떠있는 작은 섬나라다. 이 나라까지는 비행기를 갈아타면서 가야 하는데, 나는 도중에 그만 짐 가방을 모두 분실하고 말았다. 그래서 그 나라에 도착했을 때는 말 그대로 몸에 옷만 걸친 채 내던져진 신세가 되고 말았다. 여행 목적이 사진 촬영이었기 때문에 기분 전환도 할 겸 노천 시장에서 현지인들이 입는 셔츠를 사 입고 카메라를 목에 건 채 돌아다녔다.

그런데 내 모습을 본 한 꼬마 여자아이가 다가오더니 흙이 묻은 손으로 꼭 쥐고 있던 빵을 나눠서 반쪽을 나에게 내미는 게 아닌가. 아무래도 먹을 것을 못 살 사람으로 보였던 모양이다. 자기 배를 채우기에도 부족해 보이는 빵을 생면부지의 외국인에게 주저 없이 나눠준 여자아이의 눈동자는 맑고 반짝였다. 따뜻한 기분이 가슴 깊은 곳에서 뭉클하며 퍼져 나왔지만 손바닥에 놓인 흙 묻은 빵을 어쩌나 하고 난감해했던 기억이 난다.

나누지 않으면 다른 사람이 고통받을 거라고 느낄 때, 사람은 빵 한 쪽이라도 나눌 수 있다. 그런데 많은 것이 넘쳐나면 나누지 않아도 된다. 풍요로움 속에서도 나눌 줄 아는 마음을 가진다는 것은 쉽지 않은 일일 것이다.

접시에 남겨진 산처럼 쌓인 노른자를 보면서 그런 생각을 했다.

벚꽃, 그 기억

해마다 찾아오는 벚꽃을 보고 있노라면 가슴에서 목구멍으로 뭔가 북받쳐 올라오는 느낌이 있다. 열 가지 색깔의 색연필을 한 손에 그러모아 쥐고 도화지 위에 빙글빙글 소용돌이를 그릴 때와 같은 느낌이다. 한 살 한 살 나이를 먹을 때마다 그런 느낌은 더 강해진다.

다른 꽃과 달리 벚꽃에서만 이런 느낌이 드는 건 왜일까. 벚꽃을 보며 많은 색깔들의 뒤섞임 같다는 생각을 하게 된 이유는 아마도 벚꽃이 여러 가지 기억과 함께 마음에 새겨져 있기 때문이리라.

어릴 때는 벚꽃을 싫어했다. 벚꽃이 싫다고 하면 이상한 아이라고 생각할까 봐 아무한테도 말하진 않았지만, 벚꽃놀이 가는 일이 참을 수 없을 만큼 싫었다. 이유는, 당시의 나에게 벚꽃은 이별의 계절을 상징하는 꽃이었기 때문이다.

초등학교, 중학교에서는 매년 반이 바뀐다. 사교적인 성

격이 아닌 나는 1년 걸려 겨우 친구 몇 명을 사귀었는데, 봄이 올 때마다 그 친구들과 반이 갈리는 게 괴로웠다. 그래서 봄에 피는 벚꽃은 "아아, 또 처음부터 다시 시작해야 하는구나." 하는 낙담의 기억과 함께 마음에 남게 되었다.

그러던 나도 서른 살 가까이 되어 새로운 가족과 친구가 생겼을 즈음에는 벚꽃을 좋아하게 되었다. 벚꽃놀이가 이토록 즐겁고 벚꽃이 이토록 마음을 들뜨게 하는 것이라는 데에 놀랐고, 그런 생각을 할 수 있게 해준 사람들이 고마웠다. 그즈음부터 벚꽃은 매년 나에게 에너지를 가져다주는 꽃이 되었다.

몇 그루인가 친근한 벚나무가 생긴 것도 그 무렵이다. 남보다 일찍 꽃을 피우는 벚나무, 그리고 대부분의 나무가 새잎이 돌아났을 때가 되어서야 비로소 늦은 꽃을 피우는 벚나무하고도 아는 사이가 되었다.

어느 해 겨울 눈이 내리던 날, 언덕길에서 핸들을 잘못 꺾은 차가 내가 친구로 삼은 그 벚나무로 돌진하는 광경을 보게 됐다. 벚나무는 꺾어지나 싶을 정도로 심하게 패였고 애처로운 상흔이 남았다. 겨우내 볼 때마다 안타깝고 괴롭고 분한 생각을 하던 나는 봄이 되어 그 나무가 예전처럼 꽃봉오리를 단 것을 보고 뛸 듯이 기뻤다.

벌써 15년도 더 된 일이다. 그 뒤로 벚나무는 해마다 나에게 더 큰 에너지를 나눠주었다. 지금은 그 지독한 상처도 거의 눈에 띄지 않는다. 사고를 모르는 사람들은 옆을 지나가도 알아차리지 못할 정도이다.

"올해도 또 벚꽃을 보네요."

그렇게 운을 떼며 연락을 주신 분이 있다. 암을 극복하고 지역 암센터에서 자원봉사를 하고 계신 분이다.

"올해 함께 볼 수 없게 된 분도 있지만……." 하면서도 "오늘 할 수 있는 일을 즐겁게 하려고요."라며 말을 이어갈 수 있었던 건 벚꽃에게서 받은 에너지 덕분일지도 모르겠다.

벚꽃놀이의 계절. 지금 나는 벚꽃을 싫어하는 많은 사람들과 관계를 맺고 있다. 모두가 행복해하는 그 꽃을 이별을 알리는 신호로 기억하는 사람들.

그분들이 벚꽃을 좋아할 수 있게 될 때까지 가능한 일을 해나갔으면 한다. 함께 벚꽃을 보는 사람이 매년 조금씩 줄어든다는 생각도 더불어 하면서.

당연하다는 오만한 생각

인간은 인정을 먹는 동물

"열심히 해서 꽤 좋은 성과를 냈는데도 칭찬 한마디 없어요."

기업에서 일하는 40대 직장인이 자기 상사에 대해 불만을 털어놓는다.

"잘했다든가 훌륭해 같은 말도 일체 없나요?" 하고 물었더니, "없어요. '당연한 거 아냐? 그러니까 월급 받는 거지.'라는 식이지요."

그러면 누구라도 서운할 수밖에.

칭찬받기 위해 일하는 건 아니지만 주위에서 성과를 함께 기뻐해주거나 고맙다는 말을 건네올 때 사람은 힘이 나고 기분 좋아지는 법이다. 반면 수고하셨습니다, 고맙습니다, 하는 말 한마디 오가지 않는 직장이라면 재미가 있을리 없다.

"월급을 지불하고 있는데 당연하지."라거나 "아내라

면 응당 그 정도는 해야 한다." 같은 사고방식에는 문제가 있다. 이 '당연하다'는 의식에는 오만함이 스며있기 때문이다. 월급을 받는다고 모두가 일을 잘하는 것은 아니다. 어딜 가도 아내를 대신할 사람은 찾을 수 없다. 대신할 사람은 얼마든지 있다고 생각한다면 그건 큰 착각이다.

경제학자 가와카미 하지메가 집필한 책에서 읽은 한 구절이 생각난다.

"인간은 인정을 먹는 동물이다. 다른 사람으로부터 대접을 받을 경우, 적어도 나는 음식과 함께 상대방의 감정 또한 맛보게 된다."

인간은 인정을 먹는 동물이라는 말에 크게 동감한다. 가와카미는 아무리 훌륭한 음식이라도 동물에게 주듯 던져주는 것은 싫다고 썼다. 아무리 월급을 많이 준다고 해도 감사나 치하, 공감이 없는 직장이라면 기쁨이 있을 리 없다. 일체감도 생기지 않는다.

그런 생각을 하며 겨울의 해가 저물어가는 풍경을 바라보았다. 도심인데도 멀리 늘어선 산들이 석양에 빛나고 하늘에는 낮과 밤이 뒤섞인 가운데 새들이 날고 있다. 저녁이니까 저처럼 아름다운 노을이 지는 건 당연한 일이라고 생각하는 사람이 있을까?

그날의 노을을 볼 수 있는 건 바로 그 순간뿐이다. 지진이 났을 때도 석양은 있었지만 그건 이런 석양이 아니었다. 해질녘의 아름다움을 즐기기는커녕 불안에 온몸이 조여와 그저 하루가 무사히 지나가주기만을 기도했다.

무엇이든 당연하고 언제까지나 계속된다고 생각하면 마음은 오만해진다. 그러나 자연이 아주 조금만 밸런스를 잃어도 인간의 생활은 쉽게 무너진다. 일터에 일하는 사람이 있고 집에 가족이 있어야 비로소 저녁노을이 아름답다는 것을 알게 된다.

그러기에 지금 가지고 있는 것, 지금 할 수 있는 것, 지금 함께 있는 사람과의 한때를 소중히 해야 한다.

회상 분노에 주의를

질문을 하나 해보자. 가족이나 직장 동료에게 분노의 감정이 일었을 때 여러분은 어떻게 대처하시는지?

발끈해서 바로 화를 내는 사람이 있는가 하면 꾹 눌러 참는 사람, 아무렇지 않은 얼굴로 넘어가는 사람 등 제각 각일 것이다.

강연회에서 이런 질문을 던지면 "저는 아무리 화가 나도 술 한 잔 걸치거나 하룻밤 자고 나면 잊어버려서요."라고 답하는 경우가 많다. 여성의 경우엔 "맛있는 걸 먹고 잊어버려요."라는 사람도 있다.

많은 사람들이 화가 나도 내색하지 않고 넘어간다. 부당한 처사를 당해도 항의하기 어려운 것이 조직 생활이긴 하지만, 과연 그 분함이 술 한 잔이나 맛있는 걸로 잊히는 것일까.

당장은 그렇게 '불쾌한 기분'을 없앴다고 생각하겠지만

그건 그야말로 눌러놓은 것일 뿐, 근본적으로 해결한 것이 아니기 때문에 언젠가 다시 올라오고 만다. 다시 말하자면, 한 잔 마시고 잊었다고 생각했는데 얼마 있다가 '그때 그런 일이 있었지.' 하고 떠올리면 분노가 되살아나 전보다 더 심하게 감정이 폭발할 수 있다는 이야기다.

이걸 '회상 분노'라고 부르기로 하자.

A씨는 시어머니와의 관계가 잘 풀리지 않는다. 따로 살면서 만나는 것은 1년에 몇 번 안 되지만, 시댁에 가면 시어머니가 아이의 교육을 놓고 이것저것 참견하려 들어 스트레스다. 자기는 대놓고 반박할 수 없으니 옆에서 한마디 거들어줬으면 싶은데, 남편은 입을 꾹 다물고만 있다. 그런 꼴을 보고 있자니 속에서 열불이 난다.

그리고 집에 돌아오면 며칠간 닥치는 대로 쇼핑을 하거나 폭식을 하며 주의를 딴 데로 돌린다. 그러다가 어느 순간 분노에 휩싸인 자신을 발견한다. 그때 남편이 취했던 태도에 대한 분노가 되살아나 심하게 굴게 된다.

A씨는 평소 온화하고 차분한 사람이다. 시어머니가 이러 쿵저러쿵 참견할 당시에도 분명 말대답 같은 건 하지 않았 을 것이다. 쇼핑이나 음식 따위로 관심을 돌려 화를 무마했 다지만, 그것은 단순한 감정 처리일 뿐 분노를 야기한 사안 을 수용한 것이 아니기 때문에 문제는 해소되지 않는다.

사람의 잠재의식 속에는 처리하지 못하고 넘긴 문제를 해결하려는 마음이 남기 때문에 싫은 일이라도 떠올리기 를 반복한다고 한다. 그러므로 반복되는 분노를 해소하려 면 그 감정을 대충 얼버무릴 것이 아니라, 어떻게든 정리 하여 나름의 결론을 내리고 수용할 필요가 있다. 감정을 억눌러 무마하기보다 분노의 원인과 그에 대한 대책을 마 련해야 한다는 것이다.

침착하게 문제를 마주하면 분노의 원인이 된 상대를 바꾸지는 못하더라도 앞으로 어떻게 대응할지, 그 방법을 찾는 것은 가능하지 않을까.

도움을 받을 수 있다는 믿음

전업주부인 A씨는 집안일만 아니라 학교에서 친구들과의 관계에 문제를 겪고 있는 자녀까지 돌보아야 해서 힘들다. 그에 대해 남편이 단 한마디라도 좋으니 좀 위로해주었으면 하는 바람이 있다.

남편은 거의 매일 10시가 넘어 귀가한다. 주말에 마트에서 장을 보고 운전하는 걸 도와주지만 아이의 문제에는 전혀 관심을 기울이지 않는다. A씨의 고민을 공유하려 들지 않는 것이다. 언젠가 우리 애를 어쩌면 좋을까, 하고 말을 꺼냈더니 "의사나 선생도 아닌데 내가 뭘 할 수 있겠어. 나도 해야 할 건 하고 있다고."라며 되레 화를 냈다고 한다.

"큰일이네." 하며 공감해주면 안 되냐고 물었더니, "공감이 무슨 도움이 돼? 그런다고 상황이 변하나? 나는 밖에 나가서 돈을 벌고 주말에는 장보는 것까지 돕고 있어. 그 이상 뭘 더 해야 하는데?"라고 반문했다고 한다.

남편한테서 "큰일이네.", "고생이 많구나." 같은 말 한마디 듣고 싶다는 아내들을 자주 본다. 지금까지는 남자들이 속으로는 고마워하면서도 소심해서 입 밖에 내지 못하는 거라고 생각해왔다. 그런데 아무래도 그것만은 아닌 것 같다.

A씨의 남편만 봐도, 돈을 벌어오거나 장보기를 거드는 일 같은 것, 즉 눈에 보이는 것만이 부인을 돕는 일이라고 생각하고 있다. 자신은 이미 충분히 아내를 지원하고 있으며 '공감' 같은 것은 아내를 돕는 일과 무관하다 여기는 것이다.

남자들이 고맙다는 말, 힘들겠다는 말에 인색한 것은 소심해서가 아니라 이런 속 좁은 생각 때문이 아닐까.

하버드대학 이치로 가와치 교수의 논문에 따르면, 인간관계를 대하는 마음 자세에서 남녀 간에 차이가 있다고 한다. 남성에 비해 여성이 주위 사람들의 고민에 더 깊이 공감하고 함께 걱정해준다는 것이다.

실제로 강연회에서 만난 남자들 중엔 "마음의 건강이 어떠니 하고 말들을 하지만, 당장 정리 해고나 임금 삭감이 닥쳐오는 상황이라면, 그 문제를 떠나서 어떻게 마음의 건강을 유지할 수 있겠느냐."고 반박하는 사람이 많은 것도 사실이다. 그럴 때면 "저는 임금을 올려드릴 수는 없습니다. 그러나 스트레스가 많은 상황에서 어떻게 살아야 할까 하는, 방향 설정에 도움을 드릴 수는 있습니다."라고 대답한다.

지원에는 다양한 형태가 있다. 돈이나 물건, 노동처럼 눈에 보이는 것을 직접 제공하는 지원만 있는 게 아니라 필요한 정보나 도움을 받을 수 있다는 믿음 같은, 눈에 보이지 않는 지원이 있을 수 있다.

'도움에 대한 믿음'이라는 지원은 '저 사람은 뭔가 해줄 거'라는 신뢰감과 기대감이 존재한다는 것을 의미한다. 눈에 보이지는 않더라도 그런 믿음은 심리적으로 큰 위안이 된다.

직접 지원만을 도움이라고 생각하는 사람은 누군가를 도와주고 싶은데 그럴 자원을 갖고 있지 못할 경우, 대단한 스트레스를 겪게 된다. 이것은 거꾸로 그 사람의 마음 건강에 큰 문제를 일으킬 수 있다.

이제 도움이라는 것에 대한 인식을 바꿀 필요가 있다. 심리적인 유대나 따뜻한 말 한마디가 보이지 않는 힘이 되어 상대의 마음을 구한다는 사실을 모두 깨달았으면 좋겠다.

내 기준이나 신념은
일단 접어두고

지금 이 순간에도 세계 곳곳에서는 각양각색의 비참한 사건이 일어나고 있다.

테러가 발생하면 단속을 강화하고 총기 사건이 일어나면 규제를 외친다. 핵무기 근절도 중요하고 단속 강화나 총기 규제도 중요하지만, 그런 사건을 방지하는 데 필요한, 더 근본적이고 중요한 다른 하나는 언제나 방기된 채 잊힌다.

그것은 나와 다른 삶의 방식이나 사상을 선택하는 사람을 부정하고 비난하고 증오하는 마음을 어떻게 극복할까 하는 문제이다. 인류는 몇만 년이 지나도록, 이렇게 과학기술이 발달했는데도, 타자를 받아들이고 그 존재를 용납하는 쪽으로는 진화를 이루지 못했다. 그래서 일단 상대를 공격할 수 있는 무기부터 규제하겠다는 것인데, 그 규제를 빠져나간 극소수의 무기가 큰 슬픔과 상실을 가져온다.

　나는 직장이나 가정에서 자기 이외의 존재를 받아들이지 못해 신경이 곤두선 분들이나, 받아들여지지 않은 고립감으로 고통 받는 분들을 매일매일 만난다. 그때마다 자신과 전혀 다른 사고 회로를 가진 상대, 자란 환경이 전혀 다른 상대, 자신을 싫어하고 적대시하는 상대를 어떻게 받아들이느냐 하는 문제는 아마도 인간에게 던져진 가장 어려운 과제가 아닐까 생각하곤 한다. 과연 그 문제를 잘 풀어갈 수 있는 사람이 얼마나 되는지 모르겠다. 심료내과 일을 하면서 괴로워하는 분들의 이야기를 듣는 동안 내가 부딪히는 가장 어려운 테마이기도 하다.

　젊은 시절 나 또한 이 문제로 몹시 괴로워했다. 나는 날마다 수면 부족에 밥 먹을 시간이 없어 점심도 거른 채 근무하고 있는데, 돈도 시간도 넘치게 가진 사람들이 찾아와 쏟아내는 고민과 불평을 듣고 있자면, '뭘 그런 걸로 고민을 하나.' 싶은 마음이 불쑥불쑥 올라오곤 했다. 끊임없이 불만이나 울분을 토로하는 상대에게는 '나는 샌드백이나 불만 배출구가 아니야!'라고 소리치고 싶은 충동이 일기도 했고, '바보같이 그러지 말고 이렇게 하면 좋잖아.'라고 속으로 비아냥대는 경우도 있었다. 한번 그런 생각이 들기 시작하면 그건 어김없이 마음의 에너지를 빼앗고 활기를 저하시켰다.

지금 하는 일을 계속해오길 잘했다고 생각하는 이유 중 하나는, 나와 전혀 다른 사고를 하거나 삶을 사는 상대에게도 얼마간 공감할 수 있는 사람이 되었다는 점이다.

그렇게 되려면 우선 자신의 기준이나 신념을 옆으로 치워두어야 한다. 그리고 완전히 상대의 기분과 입장이 되어보는 것이다. 그러면 전혀 다른 세계가 눈앞에 펼쳐지게 된다.

'앗, 그렇구나. 그럼 이렇게 생각할지도 모르겠군.' 하고 마음속으로 그려볼 수 있다.

그런 스텝을 밟아가다 보면 상대에 대한 감정은 바뀌기 시작한다. 그리고 그것이 상대에게 전달되어 마음이 통하게 된다.

'세상을 평화롭게' 같은 거창한 말만 해대서는 아무 소용이 없다. 우선은 한 사람 한 사람 타자를 받아들임으로써 작은 평화를 전해갔으면 한다.

자연 속에서 지내는 한때

　일요일 아침, 고온주의보 발령을 알리는 기상청 재난 방송이 나오고 있다. 일사병 예방을 위해 바지런히 물을 마시고 에어컨을 적절히 사용하라는 당부도 잊지 않는다.

　최근 수년 사이 이런 재난 방송을 빈번히 듣게 되었다. 아침부터 30도를 넘기는 혹서가 계속되고 있어 에어컨 없이는 도저히 지낼 수 없을 정도다. 여름이면 거의 매일이다시피 입고 출근했던 여름 니트 스웨터를 몇 년 전부터는 도저히 입을 수 없게 됐다. 땀범벅이 되어버려서다.

　그런 더위가 피크에 달한 게 아닐까 싶던 어느 날, 가마쿠라의 엔카쿠지 하기 강좌에서 강연할 기회가 있었다. 법당 안에는 600명도 넘는 분이 강연을 듣기 위해 자리를 잡고 있었다. 법당 마룻바닥에 앉는 것을 힘들어하는 분들을 위해 마당에도 천막을 치고 의자를 놓아두었다.

　법당에도 마당에도 물론 에어컨은 없다. 얼마나 더울까,

하고 지레 겁을 먹었지만 정작 현장에 와보니 전혀 힘들지 않았다.

법당으로는 사방에서 바람이 흘러 들어왔다. 사방이 나무로 둘러싸여 있었기 때문에 실내로 불어 들어오는 바람에서 나무 향기가 느껴졌다.

머리부터 땀으로 흠씬 젖었지만 흐르는 땀을 손수건으로 닦으면 바람이 젖은 머리며 얼굴을 살랑살랑 말려주었다. 매미 소리가 배경음처럼 들려오는 것도 기분 좋았다. 방청객은 자발적으로 온 사람들이라 나와 눈을 마주치며 진지하게 강연을 들어주었다.

1시간 반의 강연 시간이 순식간에 지나간 것 같았다. 더위로 땀투성이가 됐는데도 놀랍게 전혀 지치지 않았다. 자연의 품에 안겨 서로의 마음을 나누면 지치지 않는 모양이다.

아침 일찍 일어나서 혼잡한 JR 열차를 타고 강연을 하러

갔다가, 다시 돌아오는 열차 안에서 점심을 먹고 도착하자마자 바로 오후 일을 시작했는데도 편안한 기분과 행복감은 그날 내내 지속됐다. 참가자 중 열사병에 걸려 쓰러진 사람이 있다는 얘기는 듣지 못했다.

땀 흘린 뒤에 마시는 물이 맛있던 시절은 그리 오래 전이 아니다. 그 무렵엔 초록에 둘러싸여 살았고 콘크리트도 아스팔트도 많지 않았다.

지금은 주위를 둘러보면 빌딩 숲뿐 흙은 좀체 보이지 않는다. 고층 빌딩에서는 창문도 열지 못하고 에어컨이 돌아가는 방에 하루 종일 틀어박혀 지내는 사람도 많을 것이다. 그런 데서는 나무 향기도 매미 소리도 맡고 들을 수 없다. 피로가 쌓일 수밖에 없는 것이다.

자연 속에서 지내는 시간에는 지친 마음을 회복시키는 마법이 있다. 긴 여름휴가를 낼 수 없다면 단 하루만이라도 좋으니 나무들로 둘러싸인 장소를 찾아가 바람의 향기를 느꼈으면 좋겠다.

일전에 학교를 자주 빠지는 바람에 아버지와의 관계가 험악해졌던 초등학교 고학년 남자아이를 본 일이 있다. 그 아이가 여름방학에 며칠간 아버지와 다카하라로 캠핑을 다녀온 후, 활기를 되찾고 학교도 잘 다니게 되었다는 이야기를 들었다.

물론 재미있는 놀이 기구가 가득한, 인공적으로 조성된 유원지도 매력적이다. 하지만 그것이 매미 소리와 나무 향기를 대체하지는 못한다.

자연 속에 몸과 마음을 푹 담그고 오감을 총동원해 즐기는 여름의 상쾌함을 다음 세대의 아이들도 느낄 수 있으면 좋겠다.

아마추어라는 말을 듣는다한들

친구 중에 여성 사진가가 있다. 주로 재즈 뮤지션의 라이브 무대를 촬영하고 종종 사진전도 연다. 몰입한 순간을 포착한 그녀의 작품은 매력적이어서 나도 내 라이브 공연을 알리는 인쇄물에 그녀가 촬영해준 사진을 쓰곤 한다. 하지만 그녀는 사진 찍는 걸로 생계를 유지하지는 않는다. 기업에서 관리직으로 일하면서 틈틈이 사진을 찍을 뿐이다. 가족 간병도 하고 있으니 사진 작업을 위해 쓸 시간을 더 내기도 힘들 것이다.

그런 그녀가 얼마 전 "사회적으로 인정받고 싶어."라고 중얼거리는 걸 듣고 놀랐다. 사회적으로 나무랄 데 없는 직함을 갖고 있고 사진을 찍어 뮤지션들로부터 절대적인 신뢰를 얻고 있는데 왜? 하고 물어봤다.

그녀의 말에 따르면 세상에서 공인된 상이라도 받지 않는 한, 자기 같은 사람은 '아마추어 사진가'로 취급당한다고 한다. 다른 일을 하며 사진을 찍으면 '아마추어'이고 그 걸로 생계를 유지해야만 진짜 프로라고 말들을 하니까, 하는 것이었다.

어쩌면 그런 견해가 주류일 것이다. 그 일로 돈을 벌어야 프로이고 그렇지 않으면 아마추어이며 취미일 뿐이라는 생각.

그런데 그런 말을 들을 때면 나는 이렇게 되묻지 않을 수 없다. 그렇다면 실력이 뛰어난 안과 의사가 의료 혜택이 닿지 않는 동남아시아의 외딴 지역에서 무료 수술 봉사를 하면 그걸 아마추어라고 해야 하나요?

그는 돈을 받고 그런 일을 하지는 않으리라. 누군가에게 도움이 된다는 행복감이나 누군가의 삶을 행복하게 만드는 데 기여한다는 충실감이 좋아서이리라. 환자들과의 관계 속에서 그는 돈이 아닌 다른 보물을 받고 있는 것이다.

나는 프로와 아마추어를 나누는 기준을 돈에 두지 않는다. 그 기준은 자기 말고 다른 사람을 행복하게 할 수 있는가 아닌가, 그 한 가지밖에 없다고 생각한다. 그 활동을 자신만 즐기고 있다면 그것은 취미 생활이고 그 사람은 아마추어이다. 하지만 자신뿐 아니라 타인까지 행복하게 할 수 있다면 프로이다.

그렇게 보면 어떤 활동으로 돈은 벌지만 실제로는 아마추어인 사람도 많이 있다고 할 수 있지 않을까. 나 자신도 글을 쓰거나 재즈를 노래하며 라이브 활동을 한다. 종종 "어머, 좋은 취미네요." 하는 사람을 만나곤 하는데 그런 사람하고는 친구가 되기 싫다.

하고 있는 일이 생계유지의 유일한 수단이 아닐 경우에는, 자신이 의미 없다고 생각하면 하지 않을 수 있다는 장점이 있다. 앞서 말한 사진가 친구는 공감할 수 없는 뮤지션의 사진은 안 찍을 수 있고, 나도 동의할 수 없는 주제의 원고 의뢰는 거절할 수 있다.

정말로 자신이 납득하는 것만으로 생계를 유지할 수 있는 사진가나 작가, 뮤지션이 얼마나 될까? 그런 이는 재능이 뛰어난 극소수일 뿐이고 나머지는 '살기 위해' 어쩔 수 없이 하는 경우가 많을 것이다.

뭐 어떤가. 아마추어 사진가, 아마추어 글쟁이, 아마추어 가수라 불린다 한들. 그녀의 사진은 확실히 주위 사람을 행복하게 하고 있고, 내가 쓴 원고도 읽고 공감해주는 사람들이 있다. 인정받는 사람이기보다는 나 자신과 주위 사람들에게 행복을 가져다주는 사람이 되고 싶다.

재능보다 중요한 것 🌱

생일을 맞이하여 또 한 살 나이를 먹었다. 서류의 나이 칸에 기입하다 흠칫 놀라면서 이렇게 오랫동안 이런저런 일을 잘도 해왔구나, 하고 생각한다.

대학을 졸업하고 대학병원에 들어갔을 무렵에는 미래 계획이니 설계 같은 것은 염두에도 없이 그저 일을 배운다는 생각으로 해나갔다. 인터넷은커녕 아직 팩스도 없는 시절이었다. 참고 문헌 하나 손에 넣으려 해도 품이 적잖이 들었다. 대학병원에는 도움 받을 선배 여의사도 거의 없었으니 지금하고는 몹시 다른 환경이었다.

클리닉을 개원하고서는 늘 일의 중압감과 책임감에 짓눌려 살았다. 개원하고 나서 많은 책을 썼지만 팔린 책은 없다. 논문을 양산한 것도 아니고 업적을 올린 것도 아니다. 근근이라도 일을 계속해온 것이 기적 같다는 생각도 든다.

　의사라고 하면 다들 부자라고 생각하기 쉬운데, 저금을 하거나 재산을 축적하기보다 사진을 찍으며 여행하는 데에 거의 대부분을 써서 없앴다. "그걸 모아뒀으면 지금쯤 큰 저택에 살고 있을지도 몰라." 했더니 가족들로부터 "저축하려 했으면 병에 걸려 치료비로 다 쓰지 않았을까?" 하는 대답이 돌아왔다.

　뭐, 결과적으로 업적이나 호화 아파트는 없지만, 이 긴 세월 근근이 버티며 일을 계속해온 것이 나 자신을 변화시켰을 것임은 분명하다.

　돌아보면, 젊은 시절의 나는 의사 가운을 걸치긴 했으되 속은 어쩔 수 없는 철부지였다. 그런데 심료내과 의사라는 자리는 상대의 이야기를 잘 듣고 공감하지 않으면 일이 되지 않는다. 환자의 신뢰를 얻기 위해서는 상대의 마음을 정성스럽고 섬세하게 헤아릴 수 있는 감성이 필요하기 때문이다. 성숙하지 못한 의사는 상대방의 이야기를 듣다가 '아니, 왜 그런 식으로 생각하지?' 하는 마음이 들어 공감하기 힘들어질 때가 많다. 의사로서는 그게 가장 힘든 부분이고 나 또한 예외가 아니었다.

하지만 그런 작업을 매일매일 반복하다 보니, 나와 전혀 다르게 느끼는 사람에게도 공감할 수 있게 되었고, 그래서 그런 이의 말을 듣는 것이 더 이상은 고통이 아니게 되었다. 자신과 다른 견해를 가진 사람을 마음으로 받아들이고 그의 기분을 상상하여 진심으로 "아, 그렇게 생각하는군요."라고 말할 수 있게 되기까지는 시간이 필요했던 것이다.

일을 계속하는 것에는 굉장한 힘이 있다고 생각한다. 자기중심적이고 제멋대로였던 젊은이를 어른으로 바꿔주었으니 말이다. 무슨 일이든 근근이라도 길게, 열심히 계속하는 것은 힘을 키우는 일이라는 생각이다.

언젠가 강연회를 계기로 인연을 맺게 된 가마쿠라에 있는 엔카쿠지*의 요코타 난레이 종정님이 사카무라 신민*의 '무딘 칼(鈍刀)을 갈다'라는 시를 알려주셨다.

무딘 칼이란 잘 안 드는 칼이다.
아무리 갈아도 빛나지 않는다.
그런 칼 갈아봐야 소용없다고 하지만 귀 기울
이지 않는다.
칼은 빛나지 않더라도 칼을 간 내 자신이 빛나
기 시작하니까.

'재능이 없으니까.'라고 생각하지 말고 근근이라도 계속한다. 소중히 간직하고 싶은 말이다.

· · · · · · · · · · · · · · · · · ·
* 일본의 불교 시인.

116

이상적인 일을
할 수 있게 되려면

구직 활동을 하고 있는 대학생에게 "어떤 일을 하고 싶어요?" 하고 물었더니 "사람을 행복하게 하는 일이라면 뭐라도 좋습니다."라는 대답이 돌아와 깜짝 놀란 적이 있다. 내가 젊었을 때에는 그런 생각까지 할 여유는 없었는데. 얼마 후 다른 대학에서 같은 질문을 했더니 역시 비슷한 대답이 돌아왔다. 요즘 대학생들은 그런 관점을 갖고 일을 찾는구나, 하고 생각하다가 혹 취직 시험용의 모범 답안은 아닐까 의심도 들었다.

내가 장래에 하고 싶은 일을 정하는 데 뿌리가 되었던 것이 무엇인지 돌이켜 생각해보면, 초등학교 때부터 내내 들어온 아버지의 다음 두 가지 말씀이었다.

"부모가 언제까지나 사는 건 아니니 혼자 힘으로 살아갈 수 있게 준비할 것."

"이유도 없이 머리 숙여 남에게 아첨하는 게 싫다면 그러지 않아도 좋을 일을 택할 것."

그리고 초등학교 운동회 때 운동장에서 선수로 뛰기보다 의무실의 소독용 세면기를 운동장 옆 특설 의무실로 나르거나 구급상자의 비품을 정돈하고, 운동장을 지켜보고 있다가 누군가 넘어지면 재빨리 달려가서 약을 발라주는 쪽이 좋았던 기억이 있다. 남들 앞에 나서지 않고 그냥 뒤에 서있는 것이 싫지 않았던 것이다. 그런 경험이 또 하나의 뿌리라고 생각한다.

즉 나는 내가 싫어하지 않으며 나의 적성에 맞는 일을 나의 업으로 선택한 것이다.

그런데 이 취직난의 시대에 모처럼 취직해놓고 금방 그만둬버리는 젊은이들이 있다. 이유를 물어보면 "보람이 없어서."라는 대답이 돌아오는 경우가 많은데, 이것 또한 놀랍다. 보람이 있는 일을 담당하기까지는 어느 정도 시간이 걸리는 법인데 말이다. 우수한 성적으로 대학을 졸업한 후 몇 번씩 취직과 퇴직을 되풀이하는 사람에게 왜 그런가 물었더니, "존경할 수 있는 상사 아래에서 일하고 싶지만 그런 사람이 없다."는 대답이 돌아와 다시 놀랐다.

젊은 사람들의 의견을 종합하면 남을 행복하게 하고, 보람이 있고, 존경할 수 있는 상사가 있는 직장에서 일하고 싶다는 것이다. 아주 잘 알겠다. 그러나 이 젊은이들은 중요한 사실을 한 가지 잊고 있다. '마음에 드는 일'을 할 수 있게 되기까지는 많은 시간과 노력이 필요하고 어려움이 따른다는 사실 말이다.

보람 있는 일을 할 수 있게 되기까지 견뎌내야 할, 보람 없어 보이는 기간을 어떤 마음가짐으로 극복할까. 드라마에 등장하는 것 같은 이상적인 상사가 없는 직장 생활은 어떻게 해야 할까. 그런 어려움을 견디고 자기 힘으로 살아남았을 때 비로소 자신이 성장했구나, 하고 납득할 수 있다는 것을, 그들이 알았으면 좋겠다.

드라마에서 이상적인 상사, 이상적인 일을 보여주는 것은 반길 일이다. 그러나 현실의 엄혹함 속에서 고생하며 성장하는 과정과 기쁨도 보여줄 필요가 있다고 생각한다.

머리 좋은 사람은 하지 않을 일

데라다 도라히코의 《과학자와 머리》라는 수필집 가운데 공감 가는 대목이 있다. 과학자는 "사리 분별이 느리고 이해력이 떨어지는 촌뜨기에 벽창호 같은 사람이어야 한다."는 부분이다.

왜일까?

머리가 좋은 사람은 앞날을 꿰뚫어보므로 결과가 안 좋을 것 같거나 전망이 어두운 일은 아예 시작할 생각도 않는다. 반면 머리 나쁜 사람은 머리 좋은 사람이 하지 않는 일에 덤벼든다. 결국 안 된다는 걸 알기까지는 시간이 걸리지만 그것은 결코 무용한 시간이 아니다. 그 과정에서 무언가 다른 방법을 발견하게도 되기 때문이다.

하나 더.

머리가 좋은 사람은 다른 사람의 흠을 잘 간파하고 비판을 일삼는다. 그러면 자신이 대단하게 느껴져 노력을 하지 않게 되고, 결국 발전도 멈춘다. 반면, 머리가 나쁜 사람 눈에는 다른 사람이 하는 일이 훌륭해 보인다. 따라서 자신도 훌륭한 일을 해보기 위해 애쓴다. 머리 좋은 사람은 비평가는 될 수 있지만 스스로 행동하는 사람이 되기는 힘들다고 데라다 도라히코는 말한다. 모든 행위에는 실패의 위험이 동반한다. 그래서 실패를 무서워하는 사람은 과학자가 될 수 없다는 것이다.

그러고 보니 머리 좋은 사람, 일의 결과를 미리 생각하는 사람은 스트레스를 푸는 일에도 맞지 않겠구나, 하는 생각이 문득 들었다.

나는 매일 밤 11시까지 여는 스포츠클럽에 들러서 10분쯤 수영하는 것을 퇴근길의 습관으로 삼고 있다. 수영을 하고 나면 어김없이 기분이 상쾌해진다. 기분이 가라앉았을 때 아주 잠깐이라도 몸을 움직이면 기분이 바뀐다. 퇴근길에 잠깐 운동을 하거나 가볍게 스트레칭을 하는 것만으로도 변화를 느낄 수 있다. "10분 수영하는 걸로 뭐가 바뀌겠어요." 하는 것은 머리가 좋은 사람의 말. 해보지 않으면 모른다.

몇십 년도 더 전에 사라 본의 음악을 듣고 굉장하다고 생각했다. 나도 그렇게 해보고 싶어서 노래를 하기 시작했다. 머리 좋은 사람은 절대 그렇게 하지 않았을 것이다. "무작정 시작해서 어쩌려고.", "그런다고 사라 본이 될 수는 없잖아.", "아무리 해도 돈이 안 생길 거야.", "그런 걸 할 의욕이 있으면 다른 걸 하는 게 어때?"라는 말을 들었다.

데라다 도라히코의 분류에 따르자면 굉장하구나, 하고 생각해서 하기 시작한 나는 머리 나쁜 사람에 속할 것이다. 결국 안 된다는 걸 알기까지 시간이 걸렸고, 안 된다는 걸 알고 나서도 계속하고 있으니까. 머리가 나빠도 보통 나쁜 게 아니다.

그러나 그렇게 하는 과정에서 얻은 만남이나 배움은 내 마음의 보물이 되었다. 결과가 어떻게 될지는 모르지만 해 보고 싶은 것을 시작하거나 문득 의문을 느낀 것의 근본을 궁금히 여기는 호기심. 그 호기심이 내게 그렇게 할 수 있 는 힘을 준 것이라고 생각한다.

"어차피 해봤자야.", "결과가 뻔해."라는 생각에 시작도 하지 않는 머리 좋은 사람들이 지나치게 많은 세상이다.

하나하나에 마음을 담아서

한낮은 덥지만 저녁이 되면 바람이 기분 좋게 느껴지는 계절. 이런 시기에는 아직 해가 조금 남아있을 때 산책하는 게 좋다. 바람을 맞으며 천천히 걷노라면, 그날이 어떤 하루였든지 간에 '오늘 일은 끝났구나. 일단락.'이라는 생각이 온몸으로 퍼지면서 그제까지 의식하지 못했던 발바닥이나 손가락 끝의 감각까지 느껴지곤 한다.

스니커즈의 얇은 신발바닥으로 콘크리트의 딱딱함을 느끼며 걷고 있는데 매미가 뒤집어진 채 움직이지 않고 있는 모습이 눈에 들어왔다.

"아, 여름이 끝나가는구나."

여름이 한창일 때는 결코 보이지 않다가 계절이 절정을 넘어서면 반드시 마주치게 되는 매미의 최후. 매년 목격하는 광경이지만 언제나 가슴이 꽉 조여온다.

"콘크리트 위에서 저러고 있다니, 불쌍하네."

어디 땅바닥이나 흙이 쌓인 곳은 없는지 둘러보았지만 찾을 수 없었다.

달리 해줄 수 있는 게 뭘까 생각하며 잠시 멈춰 서있는데, 앞쪽에서 한 여성이 스마트폰을 들여다보며 걸어왔다. 그녀가 샌들로 매미를 밟을 것 같아 주의하라고 소리쳤다. 발밑을 보고 기분 나쁜 듯 미간을 찌푸린 그녀는 작게 "앗!" 비명을 지르더니 매미를 피한 다음 다시 스마트폰에 시선을 주고 걷기 시작했다. 아마 포켓몬GO를 하는 중일 게다.

나는 걸으면서 스마트폰을 보는 것도, 뭘 먹는 것도 좋아하지 않는다. 매너 문제 때문은 아니다. 동시에 두 가지 일을 하지 않기로 정하고 있을 뿐이다. 두 가지 일을 동시에 하면 두 가지 다이든 어느 한쪽이든 소홀해지기 때문이다. 꽤나 긴급하고 동시에 여러 가지를 해내야만 생명에 지장이 없을 경우라면 또 모르겠지만 그런 사태를 만날 일은 거의 없다.

심리학자 대니얼 카너먼 박사는 "지금 생각하는 것이 인생의 모든 것이 된다."고 했는데, 정말 지금 마주하고 있는 것이야말로 우리 인생의 모든 것이다. 포켓몬GO를 하면서 걸으면 포켓몬이 모든 게 되어버려서 그 사람의 의식에서는 '걷는다'는 느낌이 사라진다. 그 젊은 여성은 저녁 바람의 감촉도, 발바닥에 닿는 콘크리트의 딱딱함도 느끼지 못했을 것이다. 하물며 자신이 밟을 뻔했던 매미쯤이야. 새까맣게 잊었을 게 분명하다.

사람들은 저마다 자기만의 삶의 방식이 있으므로 동시에 여러 가지 일을 하는 것 또한 하나의 선택지일 수 있다. 그러나 인간에게 주어진 시간은 한정되어 있다. 인공지능이 진화하여 진단 기술이 향상되고 놀라운 신약이 개발되어 나온다고 해도 인간의 생명에는 한계가 있다. 평균적으로는 매미보다 길지만 끝이 있다는 점에서는 다르지 않다.

끝이 있는 삶이기에, 할 수 있는 것을 하나하나 진지하게 해내면서 점차 완성해가야만 후회가 없을 거라고 생각한다. 그렇게 하려면 동시 진행은 맞지 않는다.

마음을 담아 뭔가를 하면 그것은 기도가 된다. 걷는 일, 먹는 일, 그런 것들 하나하나를 마음을 담아 해내고 싶다.

'이 정도면 됐어'라는 감각

　진찰을 하다 보면 환자들로부터 자주 듣는 말이 있다. 그중 하나가 "나 자신이 싫어서 힘들어요."라는 말이다.

　자기 자신이 너무 좋다고 말하는 사람이 있을지는 의문이지만, 최근 들어서는 '자기 자신을 사랑하자.'라는 제목으로 편성된 잡지의 특집 기사가 눈에 띌 정도로 자기혐오의 문제가 심각해진 것 같다.

　그런데 나는 자신의 싫은 점이나 나쁜 점을 신경 쓰는 사람들에게 스스로를 좋아해야 한다고 의무감을 지우는 것 또한 문제라고 생각한다.

　설령 자기 자신을 못마땅해하는 사람이 있더라도, 조언은 허기를 달래기 위해 식사를 하고 추운 날에는 몸이 얼지 않게 옷을 껴입듯이, 일상생활을 유지하는 활동은 해야 한다는 정도에서 그치는 게 좋다. 그게 당사자에게 스트레스를 덜 주는 방법이다. 자기 자신에게서 마음에 들지 않은 부분을 알아차리는 사람은 그것을 극복할 힘을 가진 사람이기도 한 것이다.

내 의견을 말하자면, 자기 자신이 좋다 싫다가 아니라, "이 정도면 됐어."라는 감각이 중요하다고 생각한다.

꽤 오래 전 휴일 오후에 카페 테라스에 앉아 차를 마시는데, 햇살을 받은 간판 위로 바람에 흔들리는 나뭇잎의 작은 그림자들이 드리운 것을 보고 '이 얼마나 아름다운가.' 하고 느낀 적이 있다.

그때 마음속으로 '그래, 이 정도면 됐어.'라고 생각했던 게 기억난다. 나뭇잎 그림자가 흔들리는 것을 아름답다고 느낄 여유가 있으니 그 정도면 됐다는 마음이 되었던 것이다.

그리고 얼마 전 찬비가 내리던 밤, 귀갓길의 보도 위에 떨어진 낙엽이 가로등 빛을 받아 빛나는 것을 보고 아름답다고 생각했을 때에도 '아, 이 정도면 됐어.' 하고 스스로에게 말했던 기억이 난다.

이런 마음은 뭔가 특별한 것을 이루었다든가, 다른 사람에게서 좋은 평가를 받았다든가, 혹은 큰 수입이 생겼다든가 하는 외적 조건하고는 아무 상관 없이 드는 마음이다. 그런 외적 조건 때문에 만족했을 때의 반응은 '아, 좋다.' 정도일 것이다. 그에 비해 '이 정도면 됐어.'는 좀 더 내적인 반응이다.

작년에 작은 계기로 친해진 가족이 있는데, 그 집 따님은 서른이 조금 넘은 전문직 여성이다. 일전에 그녀와 귀갓길에 마주쳐서 길에 선 채 이야기를 나눌 기회가 있었다. 밝고 생기 넘치는 그녀를 보고 문득 '정말 예쁘고 귀엽네.' 생각한 나. 곧 그런 생각을 한 나 자신에게 놀랐다.

서른이 넘은 여성의 젊음과 아름다움을 부러워하지 않고, 비교하지도 않고, 다만 보기 좋다고 느낄 수 있었던 나 자신에 대해 '이 정도면 됐어.'라고 생각했다.

　굳이 스스로를 좋아하지 않더라도 '이 정도면 됐어.' 하는 마음을 가질 수 있으면 괜찮은 삶이 아닐까. 그건 마음이 성숙했음을 보여주는 징표이기 때문이다.

　각자의 생활 속에서 '이 정도면 됐어.'를 늘려보자.

새끼발가락의 자기주장

우리 신체 부위 가운데 가장 주의를 끌지 못하는 부위는 어디일까.

나는 새끼발가락이 아닐까 생각한다.

눈이 피곤하다든가 어깨가 결린다든가 허리가 무겁다든가 하는 말들은 많이 하지만, "새끼발가락이 뻐근해요." 라고 호소하는 사람은 만나보지 못했다. 신발 속에 꽉 끼어 변형되거나 통증이 느껴져도 대부분 무시하고 넘어가기 일쑤다. 급하게 서두르다 부딪히거나 물건을 집다가 떨어뜨렸을 때 미처 피하지 못해 피해를 입는 것도 새끼발가락인 경우가 많다.

20년쯤 전이었을까. 체육관 사물함을 여는 순간, 금속제 단지가 발 위로 떨어지며 미처 피하지 못한 새끼발가락을 찧은 일이 있다. 다음날 통증 때문에 걸을 수가 없어서 엑스레이를 찍었더니 골절이었다.

이틀 뒤 강연회가 있었는데 평소 신던 구두가 들어가지 않았다. 고육지책으로 비슷한 디자인의 두 사이즈 큰 구두를 사서 부은 왼쪽 발에 신었다. 그 구두는 새끼발가락이 나으면 친구에게 줄 생각이었다. 구두를 받기로 한 친구는 아직 안 나았느냐고 심심하면 전화를 했었다.

그 새끼발가락 사건의 기억이 흐릿해질 무렵, 급히 서두르다가 철제 의자 다리에 발을 부딪혔다. 당연히 의자 다리 쪽이 내 발보다 딱딱했기 때문에 정면으로 부딪힌 오른발 새끼발가락이 피해를 입었다. 새끼발가락은 보라색 비엔나소시지가 되고 말았다.

어째서 새끼발가락만 이런 일을 당하나, 하고 생각하다가 조금 전의 가설을 떠올렸다. 머리나 팔은 늘 부딪히지 않게 조심하지만, 새끼발가락은 미묘한 위치에 있고 더구나 평소 충분히 주의를 기울이지 않기 때문에 피해를 입기 쉬운 게 아닐까.

평소에는 존재를 의식하지 않는 새끼발가락이지만 일단 골절되고 나면 온몸에 영향이 온다. 걸을 때는 물론이고 몸의 균형을 잡을 때에도 몹시 불편하다. 새끼발가락은 주의해주지 않은 데 대한 복수라도 하듯 강렬히 자기주장을 한다. "새끼발가락이 여기 있다고요! 걸을 때 몸을 지탱하고 균형을 잡아주는 일을 한단 말이에요. 신경 좀 써주세요!" 하는 느낌이랄까. 통증이란 그 신체 부위의 자기주장이라는 것을 절실히 느낀다.

아플 때 통증을 의식하면 괜스레 더 아파진다는 사람도 있다. 실제로 의식을 딴 데로 돌리면 통증이 줄어드는 경우도 있는 것 같다. 그러나 이왕 그렇게 되었다면, 통증의 언어나 통증의 자기주장을 들어보는 것도 좋지 않을까. 통증의 언어를 귀 기울여 듣고 아프다고 소리치는 그 부분을 위로해보는 것이다.

"미안해요, 앞으로 그대의 존재를 의식하고 행동할게요." 하며 새끼발가락을 어루만졌더니 통증이 조금 완화되는 것 같았다.

우리 몸은 꽤 관대해서 평소 무시해도 불평하지 않고 묵묵히 일해준다. 하지만 이따금 몸의 구석구석을 의식한다면 더 사이좋게 지낼 수 있을 것이다.

밤에는 샤워가 아니라 욕조에 몸을 담그고 오늘 하루 나를 위해 일해준 몸을 구석구석 뻗어보자.

매미 간호하기

최근 몇 년간의 여름 더위는 실로 끔찍한 데가 있다. 여름 내내 하루도 거르지 않고 에어컨 신세를 져야만 하니 말이다. 그럼에도 이른 아침 해가 뜨기 직전의 아주 짧은 시간만큼은 창문을 열고 바람을 맞을 수 있다. 잠시나마 기분이 상쾌해지는 시간이다.

어느 날 아침, 일찍 일어나 책상 앞에 앉았는데 앞쪽 베란다에 벌러덩 자빠진 채 발버둥치는 매미 한 마리가 눈에 들어왔다. 잠시 지켜보았지만 다시 몸을 뒤집지 못했다. 아무래도 꽤 쇠약해진 모양이었다.

매미는 괴로워 보였다.

사실 나는 벌레라면 질색이라 되도록 피해 다니는 사람이지만 눈앞에서 버둥거리고 있는 것을 못 본 척 지나칠 수는 없었다. 어쩔 수 없지, 하며 쓰다 버린 원고지를 반으로 접어 그걸로 매미를 뒤집어주었다. 날뛰거나 울음소리

라도 낼 법한데, 매미는 간신히 팔다리를 떨 뿐이었다. 다행이라고 생각하며 책상으로 돌아와 펜을 들다가 문득, 바싹 마른 베란다에 홀로 남겨진 매미가 딱하다는 생각이 들었다.

이제 살 날이 얼마 남지 않았겠지.

부엌에서 물을 가져다가 주위를 적셔주었지만, 매미는 얼마 안 가 또 뒤집어져서 힘겹게 발버둥을 쳤다. 나는 원고 쓰기를 포기하고, 이번에는 원고지 접은 걸 들것 삼아 그 위에 매미를 올린 다음, 가까운 나무 화분까지 옮겨주었다. 밑둥치 옆에 뒤집어지지 않게 내려놓고 화분에 듬뿍 물을 주었다. 도시 한복판에서 태어나 콘크리트 골짜기에 사는 사람들에게 자연이 아직 거기 있음을 알려준 기특한 생명이었다.

나는 매미에게 "고마워."라고 작게 말했다.

보통 이런 여유는 없다. 아침에는 일하러 나갈 준비로 분주하다. 매미를 돌볼 수 있었던 건 정해진 스케줄이 없는 휴일이었기 때문이다.

매미가 울기 시작하는 날, 그리고 매미 울음소리가 들리지 않게 되는 날, 매년 그 두 날이 언제인지 확인해봐야지, 하고 생각한다. 하지만 바쁘게 지내다가 정신을 차리고 보면 어느새 매미 떼가 울고 있다. 여름에 매미가 우는 건 당연한 일이라고 넘겨버리기 쉽지만, 나는 매미 울음소리를 들을 수 있는 건 행복한 일이라고 생각한다.

주변에 늘 있는 것은 무엇이든 다 당연하게 여기기 쉽다. 하지만 지금 유지하고 있는 생활이나 환경의 어딘가에서 톱니바퀴 하나만이라도 틀어지면, 모든 것이 일순 당연하지 않게 되어버린다. 어떤 것이든 당연하게 여기면 거기에서는 고마움도, 행복도 느낄 수 없다는 것이 지금까지의 수많은 연구를 통해 밝혀졌다.

　휴일에 새로운 유흥거리를 찾는 건 즐겁다. 시간 단위로 촘촘한 스케줄을 짜서 놀러 다니거나 식사 모임을 갖는 것도 좋다. 그러나 시간은 한정되어 있다. 그런 자극적인 것만 찾아다니다 보면 지금 누리고 있는 것의 고마움을 깨닫고 자신이 할 수 있는 일에 대해 이리저리 생각해볼 여유는 줄어들고 만다. 아주 짧은 한때라도 주변의 자연을 느끼고 주위 사람들에 대해 생각해보는 것은 휴일이 있기에 가능한 것 아닐까.

　매미를 바라보면서 그런 생각을 했다.

바지락 이야기

슈퍼마켓 매대에 바지락이 진열되어 있으면 반사적으로 장바구니에 담는다. 집에 돌아와 해감을 하고 자 이제 조리 시작, 하다가 '아, 또 샀구나.' 하고 깨닫고는 한다.

바지락은 와인을 넣고 찜을 해도 좋고 파스타를 해도 맛있다. 무슨 소리! 바지락은 역시 초무침이나 된장국이지, 하는 사람도 있을 테지만.

바로 조금 전까지 양푼 속에서 벌린 껍데기 사이로 기분 좋게 수관을 늘어뜨리고 있던 바지락을 끓는 물 속에 넣을 때의 그 꺼림칙함이라니. 할 말이 없다, 미안하다고 중얼거리면서, 그러나 일단 요리를 완성해 앞에 두고 앉으면 방금 전의 죄책감은 어디로 갔나 싶게 의욕적으로 먹는다.

이 바지락은 바다 어디쯤에 있다가 누구에게 잡히고 운반되어 내 식탁까지 온 걸까. 해마다 이 계절이면 되풀이하게 되는 생각이다.

직접 요리하지 않은 완성된 바지락 파스타만 먹는다면 이런 '바지락 이야기'를 상상하기란 어렵다. 바지락뿐만 아니라 채소도 생선도 고기도 모두 저마다의 이야기를 갖고 있다. 하지만 우리가 그 이야기의 전체를 볼 기회는 거의 없다. 생선도 고기도 토막으로 깨끗이 포장되어 슈퍼마켓 진열대에 오르기 때문이다.

시간이 갈수록 점점 더 이야기의 전체를 체험할 기회는 줄어드는 것 같다. '전체를 본다'는 말이 막연하게 들릴지도 모르겠다. 적어도 '먹는다'는 인간의 기본적 욕구 분야에서는 타인의 손으로 가공한 식재료가 아니라, 직접 키우거나 살아있는 걸 잡아서 조리하여 먹는 데까지 이르는 전체 과정을 체험해보는 것, 그 온전한 식재료의 이야기를 알아두는 것이 우리 마음의 본연을 이해하는 데 필요하지 않을까 생각한다.

이렇게 잘난 척 말은 하지만, 나 자신도 도시에 살면서 슈퍼마켓에서 장을 보고 있으므로 물고기를 잡거나 채소를 키운 경험이 풍부하다고는 말할 수 없다. 그러니 먹는 것에 대한 이야기 또한 제대로 안다고 할 수 없겠다. 다만 바지락의 계절에 경험하게 되는 느낌이 먹을 것에 대한 이야기를 상상하는 데 약간의 실마리가 될 뿐이다.

늘 먹을 것에 대한 이야기를 떠올릴 수는 없더라도 계절마다 그때그때 자기가 좋아하는 먹을 것의 이야기를 상상해보면 어떨까. 언젠가 친구 부모님이 직접 잡은 새우를 보내주셨을 때 내가 새우의 이야기를 상상한 것처럼.

우리 집 베란다의 작은 화분에서 키운 블루베리를 수확했을 때에도, 강연회 장소 근처의 밭에서 훌륭한 양배추를 발견했을 때에도, 그것들 하나하나의 이야기를 떠올릴 수 있었다.

나는 바지락의 이야기를 상상하면서 방금 전까지 활기차게 살아있던 바지락의 생명을 받았다는 것에 말로 표현 못할 고마움을 느꼈고, 그 뒤로도 식사를 할 때면 종종 겸허한 마음이 올라오는 것을 느끼곤 한다.

그럴 때면 나 자신, 도저히 채식주의자가 될 수는 없지만, 그런 마음을 느끼지 못한 채 먹을 때와는 얼마간 다른 자신을 경험하게 된다. 그리고 주위 사람들과도 이런 마음을 공유하고 싶어지게 되는 것이다.

평온한 일상의 바탕에는

몇 년쯤 전의 일이다.

도쿄 근교의 주택가에 사는 지인에게서 근처에 학대당하는 고양이가 있다는 소식을 들었다. 똑바로 쳐다볼 수조차 없을 정도로 참혹한 모습을 하고 있는 걸 길에서 발견했다고 했다. 붙잡아 수의사에게 데려가려 했지만 극도로 겁을 먹고 도망치는 바람에 일단 사진을 찍어 수의사에게 보였고, 수의사가 바로 경찰에 신고하는 게 좋겠다고 하여 그럴 참이라는 것이었다. 나는 나대로 동물 학대는 어린아이 등 약자에 대한 폭력으로 이어지는 경우가 많다는 내용의 편지를 써서 경찰에 함께 전달하라고 지인에게 보냈다.

경찰은 민첩하게 대응했다. 인근 탐문 조사로 시작해 공원 등지에 대한 순찰을 강화했다. 덕분에 근처 주민은 야간에도 안심하고 다닐 수 있게 되었고 주민들 간의 연대감도 강화되었다. 평소 별로 대화를 나눌 기회가 없던 파출소의 경찰관과 주민들이 서로 말을 주고받는 일도 잦아졌다.

얼마 뒤 그 지인이 보내온 메일에는 중상을 입었던 고양이는 털이 좀 빠졌지만 건강을 회복해 뛰어다니고 있고, 그 이후로 학대 사건은 다시 일어나지 않았다고 쓰여 있었다. 순찰은 계속되고 있고 경찰관들과 때때로 얼굴을 마주하고 건강해진 고양이 이야기를 나누기도 한다는 이야기에 안도했다.

건강만 예방이 중요한 게 아니다. 범죄 방지와 사회 기능 유지에 있어서도 예방은 중요하다. 아무 일 없는 상태를 유지하는 평온에는 두 종류가 있다. 예방이나 점검 위에 성립하는 평온과 특별한 조치가 없지만 예전부터 유지되어온 상태의 연장선상에 있는 평온. 언뜻 보기에 같은 것처럼 보이지만 둘은 전혀 다르다. 조금 전에 소개한 주택가의 순찰은 전자이다.

물론 만전을 기한다고 해도 모든 사건 사고를 다 피할 수 있는 건 아니다. 그러나 평소 대비만 잘 하고 있어도 빨리 대처해서 피해를 줄일 수 있다. 그리고 무엇보다 심리적으로 더 안정될 수 있다. 아무 대비도 대처도 없이 사고나 사건을 당할 경우에는 마음에 상처가 크게 남는다. "그때 좀 더 빨리 했었다면.", "미리 예방을 해두었더라면." 하는 후회나 애석함이 마음의 상처를 더욱 깊게 하는 것이다.

예방과 점검에는 돈과 수고가 든다. 아무 일도 일어나지 않으면 그런 노력이 낭비처럼 보이기도 한다. 그 때문에 예산을 삭감 당하는 일도 흔하다. 하지만 다른 곳에서 일이 터지고 나면, 그것이 얼마나 값진 투자였는지 비로소 알게 된다.

순찰 강화쯤, 언뜻 대단치 않아 보이지만 실은 소중한

것을 우리에게 가르쳐준다. 별것 아닌 것처럼 보이는 평온하고 안전한 우리의 일상이 실은 많은 사람들의 수고에 빚지고 있다는 것을. 의식적인 예방과 대처뿐만 아니라 이웃 간의 친교와 보이지 않는 유대 또한 안전에서 중요한 요소라는 것도 기억해야 한다.

예방과 유대, 드러나 보이지는 않지만 우리의 일상을 지켜주는 소중한 덕목이다.

지구는 역시 하나의 가족

리우데자네이루 올림픽, 패럴림픽이 끝났다.

일본인 선수가 공전의 메달 수를 획득하며 대활약을 한 것은 2020년의 도쿄 올림픽, 패럴림픽이라는 목표가 있기 때문일 것이다. 그러나 뛰어난 선수들의 활약에도 불구하고 이번 올림픽, 패럴림픽은 이제까지와 달리 무조건 환성을 지를 수만은 없는, 뭔가 마음에 걸리는 데가 있었다.

경기 자체나 선수 탓이 아니다. 운영 문제도 아니다. 그런 것은 다 훌륭했다. 그래서 오히려 더 찜찜했다. 도대체 마음에 걸리는 게 뭘까, 하고 이리저리 생각해봤다.

우선 도핑 문제다. 많은 러시아 선수들이 리우 올림픽에 참가하지 못했고 패럴림픽에는 아예 아무도 참가할 수 없었다고 한다. 국가가 개입한 도핑이니 만큼 자기 뜻과 상관없이 따라야만 했던 선수도 있었을 것이다. 그렇게 생각하니 가슴이 아팠다. 고대 올림픽은 '평등한 조건' 아래 서

로 경쟁하는 것을 주된 정신으로 삼았다고 배웠다. 그런 민주적인 정신이 나라의 위신 때문에 짓밟혔다는 사실이 씁쓸하다.

'평등'이라는 기준에서 보면 패럴림픽의 티켓이 잘 안 팔리고 스폰서도 붙지 않아 자금난으로 운영이 힘들었다는 보도도 마음에 걸렸다. 올림픽과 패럴림픽에 대한 관심의 차이는 더 이상 간과할 수 없는 부분이다.

리우 올림픽 개막 전에 일어난 데모도 신경 쓰였다. 사람들이 경기장 주변에 모여 국기를 태우면서 항의의 목소리를 내자 경찰이 최루가스를 쏘며 해산시켰다.

그러나 무엇보다 가장 마음에 걸렸던 것은 리우 올림픽, 패럴림픽 보도가 한창일 때 보게 된 또 다른 장면. 시리아에서 공습으로 부상당한 다섯 살 남자아이가 구급차 속에 앉아있는 영상이었다.

소셜 네트워킹 서비스를 통해 확산된 그 영상 속의 남자 아이는 울지도, 아파하지도 않았다. 감정이 얼어붙어서 아무것도 느끼지 못하는 것 같은 그 작은 모습을 보고, 마음에 남을 상처가 얼마나 클까 하는 생각에 가슴이 아팠다.

올림픽 경기장 안은 평화와 기쁨에 차있었지만 같은 시간 지구상의 다른 곳에서는 전쟁이 이어졌고 비참과 분노도 멈추지 않았던 것이다.

마음에 걸리는 것의 정체가 이것이라고 생각하니 새삼 깨닫는 바가 있다. 가족 중 아픈 사람이 있으면 아무리 즐거운 일이 있어도 마음 한구석에 걸려서 진심으로 기뻐할 수 없다. 리우 올림픽에서 일본이 보여준 훌륭한 성과에 마냥 환호만 지를 수 없었던 것도 마찬가지 이유가 아니었을까.

지구 또한 하나의 가족이라고 할 수 있다. 어딘가에서

분쟁이 일어나 상처 입고 눈물 흘리는 사람이 있으면 그 슬픔이 전달된다. 고대에 올림픽 경기가 진행되는 동안에는 폴리스 사이에 전투가 중지되었다고 한다. '평화'의 제전이었던 것이다.

2020년 도쿄 올림픽을 향한 폐회식 공연은 가슴이 뛸 만큼 멋있었다. 하지만 2020년 도쿄 올림픽은 일본이라는 나라의 존재감이나 경제 효과만을 추구할 것이 아니라, 세계 평화에 기여하는 평화의 제전이 될 수 있도록 노력해야 할 것이다.

나이를 잘 먹는다는 것

달팽이의 깨달음

니이미 난키치[*]의 창작 동화 가운데 〈달팽이의 슬픔〉이라는 작품이 있다. 1935년에 나온 이 동화는 훗날 인도의 뉴델리에서 열린 국제아동도서협의회의 기조 강연에서 미치코 황후가 소개하며 많은 사람들에게 알려졌다. 그 내용은 다음과 같다.

어느 날 한 달팽이가 자신이 등에 지고 있는 집이 슬픔으로 가득 차 있다는 것을 깨닫고 이대로는 도저히 살아갈 수 없다고 생각해 다른 달팽이에게 상담하러 간다. 그런데 다른 달팽이가 말하길 자신이 등에 진 껍데기도 슬픔으로 가득하다고 한다. 달팽이는 또 다른 달팽이를 찾아가 같은 이야기를 하지만 거기에서도 대답은 같다. 결국 주인공 달팽이는 다른 달팽이들이 지고 있는 껍데기에도 자기 것처럼 슬픔이 가득 차 있다는 것을 깨닫는다.

[*] 1913~1943, 일본의 아동문학 작가.

　어려운 일에 부딪혔을 때 왜 나에게만 이런 일이 닥치나 하고 한탄하는 마음이 생기는 건 당연하다. 그럴 땐 어려움 자체도 견디기 힘들지만, 아무 걱정 없어 보이는 다른 사람들 때문에 느끼는 상대적 박탈감이 더 큰 스트레스다. 내가 힘들 때일수록 주위 사람들은 모두 좋은 여건 속에서 활기차게 지내고 있는 것처럼 보이기 때문이다.

　나 또한 다르지 않았다. 그러던 내가 '다들 힘들다'는 것을 깨달은 것은 스무 살이 조금 안 되어서였다.

　이웃에 유명 기업 경영자의 아들이 있었다. 밝고 활기차고 친절한 아이로 평판이 자자한 데다 성적까지 좋아서 모두의 부러움을 샀다. 그런데 나중에야 그의 아버지는 암으로 고통받고 있고, 그는 친자가 아니라 어렸을 때 부모를 잃고 거둬진 양자이며, 당시 경제적으로도 어려움에 처해 있었다는 사실을 알게 되었다. 그때 처음으로 밝아 보이는

'겉모습'만 가지고 판단해서는 안 된다는 걸 알게 되었다.

사람은 누구나 남들은 알지 못하는 자신만의 무거운 짐을 지고 있다. 당연한 일인데도 그것을 깨닫기란 쉽지 않다.

의사 앞에서는 모두들 다른 데에서는 내보일 일 없는 내면을 드러낸다. 직업상 나는 많은 분들의 내면을 듣게 되는데, 언뜻 정말 밝고 활기차 보이는 사람이 실은 매우 의기소침한 상태에서 고민하고 있다는 것을 종종 알게 된다. 하지만 그런 걸 알 길 없는 많은 사람들은 겉으로 드러난 남들의 모습만 보고 "다들 활기찬데 나만 의기소침해 있다."며 고민한다.

양극화 현상이 심화되고 있는 요즘, 사람들은 세상이 공평하지 않다는 생각 때문에 잘사는 사람을 부러워하며 더 큰 스트레스를 받는다. 가설주택에 사는 지인의 집 창에서는 재해를 입지 않은 민가가 아주 가까이 보인다. 보고 있자면 마음이 괴롭다. 마음의 문제와 관련해서 보자면 양극화 현상은 '달팽이의 깨달음'을 얻기 어렵게 하는 큰 요인이다. 모두 힘들다는 걸 깨닫기가 어렵게 된다는 뜻이다.

　더 이상 사회적 격차가 커지지 않길 바라면서 달팽이 동화의 교훈을 떠올려본다.

인간의 가치

벌써 20년도 더 지난 일이다. 알고 지내는 한 집안에 장애를 가진 아이가 태어났다. 그 집 식구들은 대부분 고학력에다 일류 기업에서 임원을 맡는 등 사회적 지위가 높은 사람들이었고, 장애와는 전혀 무관한 세계에서 살아온 사람들이었다. 그런 그들에게 장애아가 생겼다는 사실은 당혹스러움 그 자체였을 것이다. 아이를 받아들이게 되기까지 꽤 오랫동안 갈등이 있었을 게 분명하다.

그런데 얼마쯤 지나자 가족의 분위기가 조금씩 달라지는 게 보이기 시작했다. 예전과 달리 아이 아버지와 할아버지가 아이를 데리고 산책하는 장면이 자주 눈에 띄었다. 뭔가 다가가기 힘든 분위기를 풍기던 할머니도 소탈하게 인사를 건네오는 등, 정확히 말할 수는 없지만 어떤 변화가 생긴 게 분명했다.

그로부터 몇 년이 지나 아이가 여섯 살쯤 됐을 무렵, 우연히 가족과 함께 있는 아이를 볼 기회가 있었다. 얼굴 가득 웃음을 띠고 인사한 아이는 내가 입고 있던 케이프를 보고 "멋져요!"라며 눈을 빛냈다. 벗어서 건네주었더니 작은 어깨 밖으로 자꾸 미끄러지는 케이프를 두른 채 빙빙 돌며 춤추고 노래하기 시작했다.

그 가족도 나도 모두 온화한 공기에 감싸였다. 그때 저절로 '이 가족에게 천사가 찾아왔구나.' 하는 생각이 들었다. 그 가족의 일체감과 그 순간의 행복했던 분위기는 지금도 또렷이 기억에 남아있다.

최근 인간의 가치를 학력이나 수입, 생산성, 나이, 외모 등으로 판단하는 풍조가 현저해졌다. 그러나 인간에게는 그처럼 세속적인 기준으로 재단할 수 없는 다른 가치가 있다고 생각한다. 그건 '사람'이 아닌, '자연'이라는 더 큰 척도에 의한 가치, 혹은 역할이 아닐까?

그 아이는 존재 자체로 가족들을 하나로 이어주고 그때까지 협소했던 가족 구성원들의 가치관을 바꾸어 더 넓고 깊은 시야로 세상을 보게 해준 것 같았다. 가족들도 자신들의 변화를 깨닫고 새로운 가치관 속에서 행복을 발견한 것이 분명하다.

장애로 인해 겪는 생활상의 어려움이나 갈등은 비장애인의 상상을 초월할 것이다. 실제로 돌봄의 현장, 의료 현장을 체험하지 않고 그것이 얼마나 힘든 일인지 헤아리기란 쉽지 않다. 그러나 직접이든 간접이든 그것을 체험하고 난 뒤에야 비로소 깨닫게 되는 인간의 가치가 있다.

어떤 처지에 있건, 사람에게는 누구나 이 세상에 필요한 역할이 있다. 물론 그 역할을 깨닫는 것이 쉽지는 않지만 말이다. 얄팍한 생각을 가진 사람들은 "가치가 없다"는 둥, "세금 낭비"라는 둥 하며 쉽게 타인을 공격하곤 한다. 그러나 이때 가치가 '없다'는 건 아직 가치를 '발견하지 못했다'는 말의 다른 표현일 수 있음을 알아야 한다.

어려운 상황을 곱씹으면서 그래도 포기하거나 내팽개치지 않고 나아가는 것은, 돌봄 노동이나 의료계에 종사하는 사람만이 아니라 모든 이에게 필요한 일이라는 사실을 그 아이와 가족을 보며 느꼈다.

어려움 속에도
앞을 향해 뚜벅뚜벅

야마구치현 시모노세키에 평일에는 자영업을 하고 주말에만 재즈클럽을 여는 분이 있다. 뮤지션이기도 한 그분은 몇 년 전 뉴욕에서 동료들과 두 장의 CD를 제작했고, 한쪽 청력을 잃어 불안한 가운데에서도 음악을 계속해 최근 자신만의 앨범을 내기도 했다.

평소 잘 알고 지내지는 않았지만 예의 바르고 인생을 즐기는 분이라는 인상을 가지고 있었는데, 그분이 내가 10년쯤 전에 낸 곡을 마음에 들어 해 가게에서 즐겨 듣는다는 걸 페이스북을 통해 우연히 알게 됐다.

그런데 어느 날 그분이 갑자기 입원을 했다. 현기증과 구토, 이명으로 서있을 수가 없었다고 한다. 검사를 했더니 청력이 제로. 청력을 완전히 잃은 것이었다. 청력을 잃는다는 건 일상생활을 해나가는 데 있어 크나큰 손실이다. 더구나 소리와 관련된 일에 종사하며 그걸 즐겨온 사람에게는 상상조차 할 수 없는 타격이었을 것이다. 그가 겪을 고통을 생각하니 마음이 아팠다.

　얼마가 지난 뒤, 그분이 페이스북에 올린 글을 보았다. "귀는 들리지 않게 되었지만 내겐 아직 할 수 있는 일이 있다는 것을 깨달았다. 눈도 보이고 걸을 수도 있고 먹을 수도 있다. 가능한 것을 하기로 결심했다."라는 내용이었다. 강한 분이구나, 하고 감탄했다.

　병에 걸리면 자신의 운명을 저주하거나 왜 나만 이런 일을 겪어야 하느냐고 분노하며 주위 사람과 부딪치고 타인을 질시하게 되기 쉽다. 그러나 개중에는 이분처럼 의연하게 앞을 향해 나아가는 사람도 있다.

　일을 하다 보면, 격무로 인해 심신이 지칠 대로 지칠 때가 종종 있다. 그럴 때 이분처럼 병에 걸리거나 신체 기능을 상실하고서도 여전히 앞을 향해 전진하는 사람들을 보면, 그들의 용기와 기운을 나눠 받은 기분이 든다. 응원하고 싶어진다. 그건 누구나 마찬가지일 것이다.

그분에게도 페이스북을 통해 전국으로부터 수많은 응원의 메시지가 답지했다. 그중에는 호흡기내과의 실력자였던 전 대학교수로부터 온 사연도 있었다. 그 선생님도 한쪽 청력을 잃은 가운데 글을 쓰고 강연을 계속해왔다고 한다.

건강할 때는 자신이 가지고 있는 능력, 할 수 있는 일이 있다는 것의 고마움을 깨닫기 어렵다. 당연하게 여기기 때문이다. 고마워하기는커녕 자기도 모르게 지금 자신이 갖지 못한 것을 추구하며 불만 속에 살아가기 쉽다. 어려움 속에서도 앞을 향해 뚜벅뚜벅 걸어가는 것과 자신이 가진 것의 고마움을 깨닫는 것은 어쩌면 인간에게 가장 어려운 일 중 하나일지도 모르겠다.

하나 더.

귀가 들리지 않는다는 사실은 겉으로만 봐서는 알 수 없다. 마찬가지로, 겉으로는 행복해 보이지만 사실 큰 어려움을 겪고 있는 사람이 얼마든지 있을 수 있다. 사람은 모두 나름대로 무거운 짐을 끌어안고 살아간다.

누군가가 행복해 보일 때 부러워하거나 시기할 게 아니라, 서로 지지하는 마음을 보낼 수 있다면 우리 사회는 훨씬 더 살기 좋아지지 않을까.

비상 배낭에 넣을 것

동일본대지진 이후로 비상 배낭에 신경을 쓰게 되었다. 이전부터 침실 구석에 놓아두긴 했지만 다시 한 번 내용물을 점검해보니, 사용 기한이 지난 지 이미 오래인 레토르트 식품이나 계절에 맞지 않는 속옷, 불이 들어오지 않는 손전등 등, 허점투성이라는 사실을 발견했다.

직접 메고 나갈 수 있는 작은 배낭에 무엇을 넣을까 생각하는 건 간단한 일이 아니었다. 어린아이나 병자가 있는 가정은 짐이 늘어날 테니 더 어려울 것이다.

그런 생각을 하고 있을 때, 문득 옛날에 본 '사자에 씨'라는 만화의 한 토막이 떠올랐다. 아버지 나미헤이 씨가 가족에게 비상시 대비 훈련을 하자고 제안한다. 가장 소중한 것을 가지고 집합하라고 한 나미헤이 씨를 업으려 하는 나미헤이 씨의 아들 가쓰오. 쑥스러워하는 나미헤이 씨. 역시 비위를 잘 맞춘다니까, 하며 가쓰오를 쿡쿡 찌르는 가

쓰오의 누나 사자에 씨. 세세한 내용은 잊었지만 한신대지진이나 동일본대지진이 일어나기 전의 평온한 나날, 한 가족의 흐뭇한 이야기였다.

가장 소중한 것은 '물건'이 아니다. 그건 분명하다. 생명을 지탱하는 데에 반드시 필요한 것은 물과 식량이라는 것도 분명하다. 하지만 그것만 있으면 살아갈 수 있는가, 하면 그렇지 않다.

그 다음부터가 꽤나 성가시다. 물이나 식량같이 만인 공통으로 중요한 것은 아니지만 반드시 챙겨야 할 소중한 것, 그것은 사람마다 다르기 때문이다. 말하자면 몸의 영양소가 아니라 마음의 영양소라 할 것들이다.

나의 경우에 그것은 종이와 펜이다. 평소 반드시 가방에 작은 노트와 펜을 넣고 다닌다. 노트를 안 가지고 외출했을 때는 서둘러 편의점으로 뛰어 들어가 새 노트를 사거나, 그것도 안 되면 카페의 냅킨을 종이 대신으로 쓰기도 한다.

나날이 느낀 것을 표현하지 않고 넘어가면 중요한 것을 놓친 것 같은 생각이 든다. 이렇게 표현하고 스스로를 마주 보는 시간을 갖지 않으면 어쩐지 마음이 허전하다. 노트에 뭔가를 쓴다는 것은 나 자신의 마음을 마주 보는 행위이기도 하다.

노트와 펜이 나에게는 필수품, 마음의 안녕을 유지하는 데에 반드시 필요한 물건이다. 그래서 나는 비상 배낭 안에 노트와 펜을 넣었다.

어린아이에게 마음의 영양소는 곰 인형일지 모른다. 지인 중의 한 사람은 책 읽는 것을 무척 좋아해서 책이 없으면 살 수 없다고 말한다. 비상 배낭 안의 책이라니, 하고 빈축을 살까 봐 그랬는지 한 권만 넣었다고 구시렁거렸다.

마음의 영양소가 없다고 해서 생명이 끊어지지는 않는
다. 그러나 그것이 없으면 자기다움을 유지하기 어렵다.

내 마음의 영양소는 무엇일지 생각해보자.

새삼 좋은 생각을 하게 된 것 같다.

재해 지역의 꽃

주말이면 우리 집 근처에서 농사짓는 분들이 작은 장을 연다. 때로는 재해 지역에서 보내온 특산품이 나오기도 해서 일 없는 날은 시간 맞춰 장을 둘러보는 것이 즐거운 소일거리이다.

과일이나 채소에 섞여 꽃다발도 팔 물건으로 나온다. 포장은 따로 안 해주지만 값이 싸서 즐겨 산다. 요전번에도 스위트피와 장미, 분홍 튤립을 사왔다. 장이 파할 시간이 다 되었을 때 "꽃 사세요!" 하는 목소리에 혹해 결국 큰 짐을 들고 돌아왔고 집 안의 꽃병이 총동원됐다.

방에 꽃이 있으면 왜 이렇게 기분이 좋을까, 곰곰이 생각해본다. 거기 꽃이 있는 것만으로 마음이 누그러든다. 꽃이 시들려고 하면 조금씩 줄기 끝을 자르고 꽃병 속의 물에 얼음을 넣어둔다. 말라서 버리고 난 뒤에도 무심코 꽃이 놓여있던 쪽을 바라보다가 "아, 맞아, 이제 없지." 생각하곤 한다. 그러면서 모르는 사이에 꽃으로부터 에너지를 받고 있었다는 사실을 깨닫는다.

핑크빛이 선명한 꽃 사진을 페이스북에 올렸더니 친구로부터 "뭔가 좋은 일이 있었니?"라는 질문이 와서 조금 놀랐다. 꽃은 좋은 일이 있든 없든 사는 것이다. 꽃이 있으면 마음이 놓인다. 그래서 나는 기운이 없을 때 꽃을 사러 간다. "늘 꽃을 꽂아두려고 해. 에너지를 받을 수 있으니까."라고 대답했더니 이번에는 친구가 "그래?" 하고 놀랐다.

한번은 일하는 연구실에서 누군가가 노란색 장미 한 송이를 플라스틱 컵에 꽂아놓았다. 한 송이뿐이지만 방이 환해졌다.

이전에 작은 꽃병에 꽃을 꽂았더니 시어머니가 "그런 사치를 부리다니."라고 해서 당황했다고 하소연한 여성이 있었다. 사치의 기준은 저마다 다르니 뭐라 할 수 없지만

주어진 생활비를 아껴 집 안에 꽃을 꽂는 정도의 즐거움조
차 질책당해야 한다면 괴로울 것이다.

지진 후 3년이 지났을 무렵, 이와테현 리쿠젠타카타시
에서 가건물로 된 꽃집을 보았다. 책방, 잡화점, 건어물 가
게 옆에 있던 그 꽃가게에는 돌아가신 분들을 위해 흰 국
화만 놓여있을 뿐, 밝고 화려한 꽃들은 눈에 띄지 않았다.
연안까지의 교통편이 아직 정비되지 않았던 당시로서는
다른 꽃을 가져다 놓을 엄두를 내지 못했을 것이다. 그 꽃
집 앞에서 재해지에도 밝고 부드러운 색채의 꽃을 보내면
좋겠다고 생각했었다.

아직도 그 꽃집이 있는지 궁금해했더니, 여전히 가건물
이긴 하지만 직원 송별회 때 그 꽃집에서 꽃다발을 만들었
다는 것으로 보아 이제 그곳에도 봄 색깔의 꽃이 들어오는
모양이다.

돈이 든다는 것을 논외로 하면, 방에 꽃을 장식하는 것은 행복한 일이다. 가뭄으로 물이 부족하면 꽃은 자라지 않는다. 지진 후 아직 여진이 이어지던 무렵에는 쓰러지는 것이 무서워 꽃병을 둘 수 없었다. 전화에 쫓기는 생활을 할 때에도 꽃병에 꽃을 꽂을 수는 없을 것이다.

그런 생각을 하니 새삼 방에 꽂아둔 한 송이 꽃을 바라볼 수 있다는 것이 얼마나 행복한 일인지 느껴진다.

자연의 힘을 믿고 🌹

겨울 동안 갈색으로 말라버려 걱정했던 난에서 연한 이 파리가 조금씩 뻗어 나왔다. 4월 말쯤 초록색으로 변하더니 이내 꽃봉오리를 맺고, 5월이 되자 꽃을 열 송이도 넘게 피웠다. 무겁다는 듯 가지가 휘어진다.

꽤 오래 전 라이브 공연을 할 때 받아서 거실 테이블에 놓아두고 특별히 손질도 하지 않은 화분이다. 일주일에 한 번 베란다에 내어놓고 물을 주는 게 고작이었다. 난이라면 다들 온실이니 영양제니 하고 소동을 피우는데, 그런 번거로운 짓을 하지 않아도 매년 계절이 되면 꽃을 피우니 굉장하다.

베란다에는 장미 화분도 몇 개인가 있다. 이쪽도 상당히 엄혹한 환경 속에서 비바람을 견뎌내고 지금은 분홍색과 노란색의 꽃을 활짝 피웠다.

매년 5월이 오면 마치 달력을 보고 있었다는 듯 꽃봉오리가 열리는 것을 본다. 늘 놀랍다는 생각이 든다. 올해는 추웠다든가 비가 많았다든가 그런 건 아무래도 좋아, 나는 꽃을 피우고 싶기 때문에 지금 그러고 있어, 하는 것 같아서 평소보다 조금 더 경의를 표하며 물을 준다.

이런 꽃들의 모습을 볼 때마다 자연 속에 얼마나 큰 힘이 감춰져 있는지 피부로 느낀다. 인간이 뭔가 더 좋게 만든다고 하는 일이 도리어 자연이 가지고 있는 힘을 막아버릴 수도 있다. 우리는 그저 방해하지 않고 가만 두는 편이 더 좋지 않을까.

지나치게 관심을 쏟고 애지중지하는 바람에 오히려 본래 갖고 있던 힘을 잃게 하는 건 아이 양육에서도 흔히 볼 수 있다.

훌륭한 여성이라고 생각하는 지인이 있다. 그 따님도 무척 인품이 좋았는데 한번은 그녀가 내게 이런 말을 한 적이 있다. 너무 훌륭하고 모든 면에서 완벽한 어머니를 두었기 때문에 자신은 어머니에게 전적으로 기대게 된다, 뭐든 스스로 결정하지 못하고 어머니의 판단을 올려다보게 되어 자립할 수가 없다.

또 다른 여성은 어머니가 어려서부터 자신에게 필요한 것, 갖고 싶은 것을 미리 알아서 챙겨주고 좋아하는 것도 다 사주었기 때문에 스스로 뭔가를 해보려는 마음이 일지 않았다, 더 엄하게 대해주었으면 좋았을 것 같다고 말했다.

아이를 방임하는 것은 안 될 일이지만, 아이가 본래 갖추고 있는 힘을 자라지 못하게 방해해서도 안 된다. '키운다'는 말의 어감이 무겁고 부담스러워 '일단 무언가 해주자.'고 생각하게 만드는 것인지도 모르겠다. 마찬가지로 의료에서도 자칫하면 과잉 투약을 하게 되기 쉽겠구나 하는 생각이 들었다. 뭔가를 과하게 하는 편이 꼭 필요한 만큼만 하는 쪽보다 훨씬 쉽기 때문이다.

과보호는 불안한 심정에서 비롯되는 마음의 덫이라고 할 수 있다. 거기에서 벗어나는 것은 무척 어렵다. 자연에 내재한 힘, 인간이 갖고 있는 힘이 자라지 못하게 방해하지 않기 위해서는 우선 지켜보는 시간이 필요하다. 잘 지켜보고 꼭 필요한 것을 정말로 필요할 때에만 준다. 그냥 줘버리고 싶어지는 마음을 한 걸음 앞서 멈춰보는 것이다.

동일본대지진 3개월 후, 쓰나미 피해가 컸던 연안의 갈라진 땅으로부터 빼꼼히 얼굴을 내민 풀을 봤다. 자연이 지닌 그런 힘을 우리 인간도 가지고 있다는 사실을 잊지 않았으면 좋겠다.

다음 세대에 남길 것

　도시에 살다 보면 살고 죽는 문제에 대해 생각할 기회가 그리 많지 않다. 하물며 iPS세포* 이야기나 혁신적 의료 연구 결과의 보도를 접하게 되면 '죽음'은 자신과 무관한 것처럼 여겨지기 쉽다. 그러나 도시를 벗어나 도호쿠**의 지진 재해지에 가면, 살고 죽는 일의 현실이 눈앞에 적나라하게 펼쳐진다.

　이와테현 리쿠젠타카타시의 호텔에 하룻밤 묵고 일어나 아침에 커튼을 열면 시선 저편으로 바다가 있는데 그 앞쪽의 육지에는 아무런 건물도 보이지 않는다. 예전에 거기 서 있던 집들과 살던 사람들이 떠올라 가슴이 멘다. 미야기현 게센누마시에서 피해가 컸던 곳에도 온화하고 아

---

* induced Pluripotent Stem Cell(유도만능줄기세포), 일본 교토대 야마나카 신야 교수 팀이 2006년 생쥐의 피부세포에 특정 유전자를 삽입해 어떤 세포로도 분화할 수 있는 iPS세포를 처음으로 만들었다. 2012년 노벨의학상 수상.

** 일본 혼슈 동북부에 있는 아오모리현, 이와테현, 미야기현, 아키타현, 야마가타현, 후쿠시마현의 6현을 말한다.

름다운 바다 앞에 인가는 간데없이 잡풀만 무성하다.

나는 강연이나 세미나를 위해 여러 지역을 다니는데 재해지에서는 다른 곳에서 보기 어려운 장면을 자주 마주치게 된다. 예를 들어 이와테현 오후나토시의 강연회에서는 접수처 앞에서 서로 끌어안고 우는 여성들이 있었다. 그중 한 명이 내가 연재하는 글의 독자라며 자초지종을 말해주어서 사정을 알게 되었다.

두 분은 같은 직장의 선후배 사이였다고 한다. 선배 여성이 정년퇴직 후 지진이 일어났고 그 뒤 연락이 끊겼는데, 우연히도 둘 다 이 세미나에 참가한 덕분에 접수대에서 3년 만에 재회했다는 것이다.

"살아있길 잘했어. 이렇게 다시 만나다니."

그런 재회가 일어나는 강연회는 나도 처음이었다.

세미나를 할 때 보통 2부에서는 참가자들끼리 서로의

공통점을 찾고 대화하는 훈련을 하게 한다. 공통점 찾기의 예를 들면, 대학생들의 경우에는 동아리 활동이나 아르바이트, 좋아하는 텔레비전 프로그램이나 배우에 대한 이야기로 이어진다. 회사원들이라면 직장 일이나 취미에 대한 이야기로 발전되기도 한다. 공통점 찾기는 커뮤니케이션을 개선하는 데 도움이 된다. 공통점이 많을수록 이야기도 흥이 나고 서로에 대한 관심과 친밀도도 커진다.

재해지에서 이런 훈련을 하면 서로 찾아내는 공통점이 도시에 사는 사람들하고는 전혀 딴판이다. 오후나토시의 세미나에서는 두 명의 여성이 자신들은 똑같이 소중한 가족을 잃고 우울감에 빠져있었지만, 지금은 회복해서 주위 사람들을 지원하는 활동을 하기 위해 이 세미나에 참가했다며 좋은 동료가 생긴 걸 기뻐했다.

어느 해 말, 가설주택으로 향하는 길가의 작은 시내에서 산란하는 연어 무리를 봤다. 몇 마리는 산란을 끝내고 이미 숨이 끊어져 고양이에게 몸을 내어주고 있었다. 장엄한 생과 사의 장면을 바라보자니 눈물이 멈추지 않았다.

다음 세대에게 남길 것은 무엇인가 하는 질문과 생과 사의 문제, 재해지에 가면 늘 마주하게 되는 주제이다.

멀리서 마음속으로

이제 곧 지진이 있었던 그날이 온다.

쓰나미와 원전의 피해를 직접 입지 않은 사람에게도 지진 전과 지진 후는 마음의 방향성이 완전히 바뀌지 않았을까 싶다. 어떻게 달라졌느냐고 묻는다면 바로 답할 수는 없다. 하지만 뭔가가 달라졌다. 그토록 큰 영향을 남긴 사건이다.

요 몇 년간 겪은 다양한 만남과 사건들은 좋고 나쁘고를 떠나서 강렬한 기억으로 내 마음에 새겨졌다.

지진이 나고 3년이 지났을 때, 쓰나미 피해가 컸던 이와테현 리쿠젠타카타시를 찾았다. 다음날 그 옆의 오후나토시에서 부흥청의 돌봄 사업 교류회와 강연회가 있었기 때문이다.

호텔 창으로 부근 일대가 한눈에 들어왔다. 해안에 이르기까지 몇 킬로미터나 되는 그 사이에는 갈라진 땅뿐이었다. 건물은커녕 논밭조차 보이지 않았다. 그곳을 채우고 있

었을 집과 단란했을 사람들의 모습이 떠올라 숨이 막힐 것
만 같았다.

리쿠젠타카타에 있는 리쿠 카페는 그 지역 주민들의 커
뮤니티 거점 중 하나였다. 일주일에 며칠만 문을 여는 그
카페에서는 직접 만든 음식을 제공하고 각지에서 찾아온
뮤지션들이 자원 봉사로 연주했다.

카페는 가건물로 스무 명이 들어가면 꽉 차는 크기였다.
다들 바싹 붙어 앉아야 했기 때문에 무척 더웠고, 건물 안에
화장실이 없어서 일을 보려면 부지 내에 있는 치과 병원까지
슬리퍼를 신고 달려가야 했다. 전등도 없어서 밤이 깊으면
구름 한 점 없는 하늘을 올려다보며 이렇게 별이 많구나 하
고 감탄했다.

그 다음해부터는 원전 피해로 인한 현외 자주피난자들
을 지원하느라 카페를 방문할 시간이 없었지만, 그곳에서

알게 된 분들과는 지금까지도 페이스북 등으로 연락을 주고받고 있다.

리쿠젠타카타에는 배리어프리* 재해공영주택이 건설되었다고 한다. '배리어프리'라는 말이 더 이상 필요하지 않도록, 시작부터 장애 유무와 관련 없이 누구나 쾌적하게 살 수 있는 도시를 만들겠다는 의지가 느껴졌다.

가건물이었던 그 카페는 모금 프로젝트를 통해 다시 세워졌다. 지금은 날마다 오픈하며 점심 도시락이 대단한 인기라고 한다.

지진이 났던 해에 시 직원이 된 한 젊은이는 도시 재건을 위한 임업 프로젝트 팀을 만들어 활동하고 있고, 직장에서 만난 여성과 결혼하여 함께 지역을 위해 일할 생각이라고 한다.

* 장애인, 고령자 등 사회적 약자들의 사회생활에 지장이 되는 물리적인 장애물이나 심리적인 장벽을 없애기 위해 실시하는 운동 및 시책.

항상 만날 수는 없다. 자주 갈 수도 없다. 그래도 멀리서
마음속으로 계속 기도할 것이다.

아침 드시러 오세요

어느 강연회 전날 묵었던 이와테현 미야코의 한 호텔에서 있었던 일이다.

아침에 일어나 메일을 확인하고 여기저기 연락을 돌리다가 정신을 차려보니 8시 반이 지나있었다. 아침 식사 마감까지 얼마 남지 않은 시간이었다. 어차피 시간 안에 식당에 가는 건 불가능했다. 그냥 포기하고 방에 준비되어 있던 커피와 과일로 아침 식사를 대신하며 일을 계속했다.

그런데 오전 9시 정각에 방 전화가 울렸다. 프론트에서 온 전화였다.

"아침 식사 하러 안 오셨지요?"

호텔에 묵는 손님은 아침 식사 예약을 따로 할 필요가 없다. 제공되는 티켓을 가져가면 되고, 6시부터 9시 사이에 식당에 안 가면 자동으로 취소되는 뷔페식 조식이다.

이미 시간이 다 되어버려서 가지 않았다고 했더니 "괜

찮으니까 와서 드세요."라는 대답이 돌아왔다. 그 말에서
느껴지는 따뜻함이 좋았고, 호텔이 조식에 자부심을 갖고
있구나, 하는 느낌도 들어서 염치 불고하고 1층 식당으로
내려갔다.

소박하게 꾸민 식당이었지만 식사는 훌륭했다. 빵 이외
에는 모두 그 지역의 식재료로 만든 요리였다. 해조류와
채소를 듬뿍 사용한 음식들, 그 고장에서 만든 요구르트와
수제 잼. 늘어놓은 접시들에서 정성스런 마음이 전달되는
것 같았다. 나처럼 뒤늦게 전화를 받고 식당에 온 일행과
마주하고 앉아 "맛있네요." 하며 먹었다.

조식 시간이 지났는데도 "아침 드세요."라고 말을 걸어
준 호텔은 거기가 처음이었다. 도호쿠에 가면 이처럼 도쿄
와는 전혀 다른 성실함을 만나 감동하는 일이 종종 있다.

여러분은 '생산수율'이라는 말을 아시는지? 제조업을

예로 들자면, 제조 과정에서 결함 없이 제품이 제조·출하된 비율을 말한다. 즉 100개의 제품 중 20개가 불량이고 80개가 출하된다면 생산수율은 80%가 된다.

강연회에서는 신청자 중 실제로 강연회에 참가하는 사람의 비율을 생산수율이라고 한다. 눈비가 오거나 날씨가 추울 경우 생산수율은 50% 밑으로 떨어지기도 한다. 실제로 얼마나 많은 사람이 나타날지 주최자가 예상하기 어려울 경우도 많다.

그런데 도호쿠 지방에서의 세미나는 유독 생산수율이 높다. 신청한 분들이 약속대로 참가해줄 뿐만 아니라 오지 못할 때는 며칠 전 어김없이 전화로 취소 연락을 준다. 개중에는 일부러 엽서를 보내주시는 분도 있어서 이쪽이 송구할 정도다.

하나 더. 도호쿠의 미야코 부근에서는 오모에에서 나는

미역이 유명하다. 오모에의 해안에서는 1976년부터 어협 부인회 회원들이 세이카쓰크라브*와 협력해 합성세제 추방운동을 시작했다. 바다를 깨끗하게 하기 위한 조치로 상점가에 있는 합성세제를 모두 사들였다. 해안의 환경을 지키기 위해 지역 전체가 함께 노력하고 있는 것이다.

이처럼 착실하고 성실한 에피소드는 평소 잊기 쉬운 일본인의 마음의 뿌리를 기억하게 해준다.

* 일본의 생활협동조합의 이름.

딱 좋은 정도

콘서트나 라이브 무대에서 연주가 좋으면 앙코르를 청하는 게 당연하게 여겨진다. 그러나 나는 연주가 훌륭하면 훌륭할수록 앙코르를 청하지 않는 편이 낫다고 생각한다. 다시 연주로 돌아가면 마지막 곡의 여운이 사라져버리기 때문이다. 예전에 무대 음악 감독을 하는 분이 "손님의 배를 꽉 채워서 돌려보내면 안 돼요. 조금 더 듣고 싶다, 또 오자, 하는 기대감을 안고 돌아가게 해야지요."라고 했던 게 기억난다.

나 자신도 가끔 재즈 라이브를 하지만 앙코르는 안 받는 것을 원칙으로 삼고 있다. 그 한 곡이 쓸데없어지는 일이 제법 많기 때문이다. 세계 정상급 아티스트라면 얘기는 또 달라질지 모르지만, 사람에 따라서 '딱 좋은 정도'는 다 다르다. 아티스트란 '좋은 정도가 무엇인가'에 마음을 쓰는 사람일지도 모르겠다.

'좋은 정도'는 먹을 것에도 적용된다. '한 입만 더'가 쓸데없는 여분이 되는 경우가 있다. 나는 소위 '무슨무슨 세트'라는 코스 요리는 주문하지 않는다. 시즌이 다가오면 게 세트나 갯장어 세트, 송이 세트 등등의 출시를 알리는 문자가 오는데, 그런 것과 관련하여 씁쓸한 경험이 있기 때문이다.

20년 전쯤까지는 혼자 게 산지까지 찾아가 먹을 정도로 게를 좋아했다. 그런데 그때 너무 많이 먹어서인지 그 뒤로는 더 이상 먹고 싶은 마음이 들지 않았다. 한겨울에 일식집에 갔는데 차례차례 게가 나오면 곤혹스러울 정도다. 조금만 내놓으면 더 맛있게 먹은 기억을 가지고 돌아갈 텐데, 하고 생각하게 된다.

식당 입장에서는 고가의 식재료를 듬뿍 써서 최고의 대접을 하려는 것이겠지만, 손님이 받아들이는 방식은 제각

각인 것이다. 배불리 먹는 것을 좋아하는 사람도 있고, 소량만 먹고 '조금 더' 하는 여운을 느끼고 싶은 사람도 있는 것이다.

'딱 좋은 정도'는 일에서도 마찬가지일 것이다. 특히 업무 능력이 눈에 띄게 상승하는 30대 후반에서 40대 후반에 걸친 연령대에는 성공 체험이 쌓이는 것에 취해 일 욕심을 부리는 사람이 많다. 무리를 해서 결국 힘이 소진되어버리기도 하고 동료를 들볶다가 인간관계에 균열을 일으키기도 한다. 몸을 망가뜨리거나 관계에 문제가 생기고 나서야 비로소 일의 양이나 자신의 방식이 '딱 좋은 정도'가 아니었음을 알아차리는 것이다.

'대충'과 '과잉'과 '딱 좋은 정도'는 서로 다른 것이다. 그러나 실패의 경험을 통해 겪지 않으면 알 수 없는 것이 자신에게 '좋은 정도'와 상대에게 '좋은 정도'이다.

젊을 때는 넘칠 정도로 많은 것이 좋다고 생각하기 쉽다. 나이 들면서는 양뿐만 아니라 질이나 타이밍, 밸런스가 중요하다는 것을 깨닫는다. 자신에게 '좋은 정도'를 찾아내는 것에 더해 상대에게 '좋은 정도'는 무엇인지까지 생각할 수 있는 여유가 사람을 어른으로 만들어간다.

나다운 체력과 기력의 사용법

연말이 다가오면 어김없이 듣게 되는 말이 있다. "젊었을 땐 이러지 않았는데." 하는 우는 소리들. 50대, 60대들이 그러는 건 그나마 이해가 간다. 그런데 요즘엔 20대 후반들도 심심찮게 그런 말을 하는 걸 본다.

크리스마스나 송년회에서 늦게까지 마시고 놀다가 나가떨어지면 "예전엔 이 정도는 약과였는데.", "훨씬 더 마실 수 있었는데.", "밤을 새도 괜찮았는데." 하고 푸념하게 되는 모양이다.

젊은 편이 체력이 좋다는 것은 상식이기도 하고 생리적인 면에서는 진실이라고 하겠지만, 그렇다고 해서 나이를 먹으면 약해진다는 단정에는 동의하지 않는다.

젊었을 때는 체력은 넉넉할지 몰라도 자기 몸의 약점이나 심신의 사용법에 대한 지혜는 부족하다. 체력이 있어도 사용법이 서툴러서 남아도는 힘을 헤프게 쓰다가 몸을 망

가뜨리기도 한다. 하지만 나이를 먹으면 자신이 무엇에 약한지 알게 된다. 그래서 이 정도까지는 괜찮지만 어느 선을 넘어가면 한계가 온다는 것을 안다.

또 심신 건강과 관련한 나름의 지표도 갖게 된다. 실제로 나이를 먹어도 납득이 되는 체력을 유지하려면 건강 지표를 몇 개나 가지고 있는지가 관건이다.

예를 들어 커피를 무척 좋아하는 나는 커피를 하나의 지표로 삼는다. 감기에 걸려 몸이 안 좋아도 커피가 맛있을 때는 아직 괜찮다고 생각하며 일을 계속한다. 커피가 더 이상 맛있지 않거나 마시고 싶지 않을 때는 요주의 상태다. 스포츠클럽에서 수영을 하는 것도 마찬가지. 힘이 달려 수영할 생각이 없어지면 경계해야 한다. 마트에 저녁거리를 사러 나갈 기력이 소진됐을 때도 요주의다. 이것들은 내 체력의 지표다.

한편, 기분으로 체크하는 지표도 있다. 초조감이나 가까운 사람에 대한 불만 따위가 그것이다. 피곤할 때는 가족이나 직원에 대한 불만이 커지기 마련이다.

나아가 환경의 지표는 실내의 습도. 나는 건조한 공기에 몹시 취약해서 습도가 낮은 장소에 있을 때는 생수를 좀 많이 준비하는 것으로 대처한다. 바람 속을 걸을 때는 건조하기 쉬우므로 마스크를 쓰곤 한다.

이런 나름의 지표를 갖고 있으면 자신의 약점을 알고 대처할 수 있다. 그러면 나이를 먹어가면서도 젊었을 때보다 '좀 체력이 붙었다.'는 느낌을 가질 수 있게 된다.

그리고 나이를 먹으면 2차, 3차까지 가면서 밤새 술을 마실 만한 체력은 없어도 되는 게 아닐까. 미니스커트에 반소매로 멋을 내고 찬바람 속을 쏘다녀도 괜찮을 체력은 나이를 먹으면 굳이 아쉬워할 필요가 없다.

젊었을 때는 남아도는 체력을 마구잡이로 써버리는 무리한 행동도 할 수 있겠지만, 나이를 먹으면 좀 더 '자기다운' 체력과 기력의 사용법을 터득할 필요가 있다.

많이 못 마신다, 많이 못 먹는다고 슬퍼하는 일은 그만두자. 자신이 정말로 하고 싶은 것에 쏟을 체력과 기력, 에너지는 잘만 사용한다면 나이를 먹는다고 해서 줄지 않는 법이다.

예순 살의 글씨 배우기

일본 속담에 '예순 살의 글씨 쓰기'라는 말이 있다. 사전을 보면 "예순 살이 되어 처음 글씨 쓰기를 시작한다는 뜻으로 만학의 비유"라고 풀이되어 있다.

젊었을 때는 예순 살에 글씨를 쓰기 시작하는 게 나이를 먹어서도 머리를 녹슬지 않게 하는 방편인가 보다 했는데, 요즘 들어 이 말의 의미를 조금 달리 보게 되었다.

지금은 정년이 연장된 회사가 많지만 예전에 예순은 은퇴하는 나이였다. 회사를 그만두고 분주하던 생활이 갑자기 막을 내리면 몸과 마음의 리듬이 깨져 건강이 안 좋아진다. 일단은 그렇게 되지 않게 뭐든 시작하자는 뜻에서 글씨 쓰기를 시작한다고 볼 수 있다.

그 다음, 회사를 그만두면 인간관계나 네트워크가 변화한다. 최근 미국에서 타인들과의 관계가 줄어들고 커뮤니티 사이즈가 작아지면 기분이 우울해지기 쉽다는 연구 보고가 있었다. 그렇게 되지 않도록 글씨 쓰기로 새로운 인간관계 네트워크를 만들자는 해석도 가능하다.

마지막으로 내 나름의 해석인데, 예순 살의 글씨 쓰기는 겸허함의 근거가 된다는 것이다.

나이를 먹는다는 건 경험을 쌓는 일이다. 나이 든 사람은 젊었을 때보다 숙련된 무언가를 갖기 마련이다. 멋있는 일이긴 하지만 그러면 아무래도 다시 초심이 되기는 어려워진다. 일을 배우는 후배로부터 인사만 받는, 말하자면 가르치는 입장에만 서있으면 못하는 사람의 기분이나 괴로움을 이해하기 어려워진다. 자신이 능숙하게 할 수 있는 일에 대해서는 초심으로 돌아가기가 말처럼 쉽지 않다. 이미 초심자가 아니니까.

하지만 예순이라는 나이에 뭔가를 새로 시작해 실제로 초심자가 되면, 가르치는 사람에서 도전하는 사람으로 입장을 전환할 수 있다. 일을 못하는 사람의 괴로움이나 답답함을 상상하고 짐작만 하는 게 아니라 피부로 느끼고 공감할 수 있는 것이다. 정말 멋진 일 아닌가.

내 경우에는 한 가지 일을 비교적 원활하게 할 수 있게 되면 왠지 뭔가 서툰 일에 새로 도전하고 싶어진다. 몇 년에 한 번 꼴로 새로운 일을 배우자면 처음엔 제법 힘이 들어 허둥댄다. 최신 통계 프로그램을 사용해 데이터를 해석하는 새 기술을 배우고, 그것을 위한 스터디 모임이니 뭐니 하며 식은땀을 흘리게 되는데, 그러고 있으면 나 자신이 다시 나이 어린 여자애로 돌아간 기분이 된다.

새로운 분야에 도전하여 바닥에서부터 조금씩 발전해가는 느낌을 가질 수 있다면 그건 꽤 좋은 일이라고 생각한다. 요즘 젊음을 유지하기 위해 이걸 먹어라, 저게 좋다, 하는 건강보조식품 광고를 자주 보게 되는데, 마음의 젊음을 유지하는 데는 초심자가 되는 것이 최고다.

물론 뒤에서 "좀 적당히 하고 그만두시지요." 하는 소리가 들려올지도 모른다. 그런 소리에 굴하지 말고 예순 살의 글씨 쓰기를 시작해보면 어떨까? 신선한 기분이 들어서 나이 먹는 것이 두렵지 않게 될 것이다.

나이를 먹는다는 것

해외여행을 가면 늘 부모님께 드릴 선물을 사왔었다. 그 탓인지 아버지가 돌아가시고 나서도 몇 년 동안은 무의식적으로 이번에는 뭘 사갈까 하고 선물을 찾다가, '맞아, 이제 살 필요 없지.' 하는 나를 발견하곤 했다. 그럴 때마다 맥이 빠지는 것 같은 이상한 느낌이 들었다. 이런 경험은 나만의 것이 아니리라.

선물을 사는 건 귀찮으면서도 즐거운 일이다. 선물을 고를 때 나는 성격상 한 사람 한 사람 그가 좋아하는 것이나 흥미 있어 하는 분야를 염두에 둔다. 그러니 꽤 신경이 쓰이기도 하고, 또 그 때문에 즐겁기도 하다. 선물을 사서 부피가 커진 짐을 들고 여행하는 것도 행복 중 하나가 아닌가 싶다.

아직은 선물을 전해줄 친구들이 모두 건강하지만, 만약 선물할 상대가 하나도 남지 않게 되면 무척 외로울 것이

다. 어디 선물뿐이랴. 여행을 다녀와서 여행 이야기를 들려줄 동료가 없다면 또 얼마나 허전할까.

젊었을 때 나이 드신 분들로부터 "나이 먹지 않고는 알 수 없는 마음이란 게 있어." 하는 소리를 자주 들었다. 무슨 뜻인지 물어도 뾰족한 설명이 돌아오지 않았다. 그건 아마도 친구들에게 나눠줄 선물을 싸다가 문득 드는 이런 마음을 두고 한 말이 아닐까.

나이를 먹지 않고는 결코 알 수 없는 마음이란 게 확실히 있는 것 같다. 앞만 보고 나아가던 젊은 시절에는 옛 추억 얘기를 일삼는 노인은 되고 싶지 않다고 생각했다. 그러나 나이를 먹으니 '앞날'을 즐겁게 상상하는 것이 참 어렵다. 나이 들어 옛 추억을 얘기하는 것은 젊은 사람이 미래를 이야기하는 것과 마찬가지로 마음에 의지가 되는지도 모른다. 아마 나이를 먹으면 먹을수록 더 그러는지도.

그래서 나이를 먹으면 나이 많은 사람의 추억 이야기에 더 너그러워질 수 있는가 보다.

확실히 한 해 한 해 나이를 더해갈 때마다 일하는 것, 노는 것, 여행하는 것에 대한 생각이 크게 달라지는 걸 느낀다. 특히 60대에 들어선 뒤로 변화의 폭이 커지는 것 같다. 아이의 몸이 열 살까지 하루가 다르게 쑥쑥 자라는 것과 마찬가지로, 60대 이후에는 한 해 한 해 생각의 변화가 크다.

젊었을 때는 일이 귀찮고 성가시다고 생각하는 경우도 많다. 그러나 나이를 먹으면 일할 곳이 있고 자신이 어떤 식으로든 사회에 도움이 되고 있다는 사실이 기쁘게 느껴진다. 사교적 언어가 아니라 진심으로 "도움이 되어 다행입니다."라고 말할 수 있게 되는 것도 나이를 먹는 것의 효용이 아닐까.

인터넷 같은 과학 기술이나 경제 상황 등, 사회 환경이 빠른 속도로 변해간다. 그런 가운데 노년을 맞이하는 우리에게는 가져다 쓸 예전의 역할 모델이 없다. 스스로 자신만의 노년 스타일을 구축해야 한다.

나이를 먹지 않고서는 알 수 없는 마음, 그것은 외로움일 뿐 아니라 인생의 정취이기도 하다.

종활의 여러 모습 ⧗

　지금까지 훌륭한 학자, 연구자 몇 사람과 가까이 일한 적이 있다. 그중 한 분은 나의 대학 시절 기초의학 교수였다. 그분은 늘 젊은이들보다 빠른 걸음으로 복도를 걸으셨다. "나이를 먹으면 남은 시간이 얼마 없으니까." 하시면서 연구를 계속하고 퇴직할 때 집대성한 연구 논문을 발표하셨다. 너무 어려워서 당시의 나는 이해할 수 없었고 화려한 분야가 아니라 세상의 주목도 받지 못했지만, 지금도 이따금 그분의 연구 이야기가 후배 연구자들의 사이에서 화제에 오르곤 한다.

　또 한 분은 국립대학을 퇴직한 후 사립대학 교수가 되신 문과계 연구자로, 65세가 넘어서 새로운 연구 활동을 시작하는 한편, 지금까지의 연구를 집대성한 책도 집필하고 계신 분이다. 나보다는 아주 조금 선배인데 이분의 연구실 컴퓨터 폴더에는 그 하나하나가 책 한 권이 되고도 남을 데이터가 이야기가 될 만한 배경과 함께 담겨있다. 아마 그 폴더들을 기초로 하여 책을 집필하고 있을 것이다.

이런 훌륭한 연구자들의 공통점은 정년이 되기 몇 년 전부터 자신의 연구를 종합하는 일을 시작한다는 것이다. 지금까지 발표한 논문을 그대로 모아 논문집을 내는 것이 아니라 연구를 집대성해 새로운 결과물을 만들어낸다. 정년 전에 최선을 다해 다음 세대로 이어질 것을 남겨두고자 함이다.

요즘 종활*이라는 말이 유행이라고 한다. 인생의 마지막을 맞을 준비로 죽기 전에 미리 장례나 재산 상속 계획을 세워두는 것을 가리키는 말이다. 놀랍게도 예쁜 영정 사진을 남기기 위해 메이크업을 하고 사진사에게 찍게 하는 종활도 있다고 한다.

---

* 終活, 인생의 마지막을 준비하는 활동이라는 뜻으로 2010년대에 나온 일본 사회의 신조어.

그러나 종활이라면 그런 것 말고도 할 일이 많지 않을까. 자신이 살아오는 동안 배워 얻은 지혜를 집대성하여 뒤에 남는 사람들에게 전하는 종활을 할 수 있다면 얼마나 멋질까.

앞서 소개한 기초의학 교수는 후배들에게 연구하는 자세와 성실한 연구의 성과를 전했다. 그분의 삶의 방식은 그분을 아주 잘 안다고 할 수 없는 내 기억에도 똑똑히 새겨져 있다.

어떤 인생이라도 살면서 얻은 자신만의 지혜가 있을 것이다. 어머니가 그간 해온 요리의 비결을 정리하거나 아버지가 일하면서 어떻게 곤경을 극복했는지를 정리하는 것도 멋진 종활이다. 메이크업을 하고 예쁘게 찍힌 사진도 좋지만 앞치마를 한 평상복 차림의 사진은 그 이상일지도 모른다.

한 살 더하는 생일. 한 걸음 죽음에 다가갈 때, 지위나 재산처럼 자신이 밖에 쌓아놓은 것이 아니라 자신의 마음속에 쌓아온 것을 정리해봄은 어떨지.

마지막까지 앞을 보고 나아간다

　정신과 의사이면서 작가인 나다 이나다 씨는 죽는 날까지도 월간 잡지에 연재 에세이를 쓰고 계셨다고 한다.

　마지막까지 원고를 쓸 수 있었다니 부럽다, 나도 그럴 수 있으면 행복하겠다고 했더니 동료 해부학 교수가 "나다 씨가 죽기 이틀 전에 파티에서 만났는데 무척 좋아 보였어." 해서 더욱 놀랐다.

　프랑스에서 유학한 그 동료 교수는 프랑스와 관계있는 사람들로 이루어진 모임에서 매년 나다 씨를 만났다고 한다. 나다 씨는 그날도 와인 잔을 손에 든 채 "내년에는 이걸 해보자."며 의욕에 차서 말했기 때문에, 이틀 후에 그가 죽었다는 말에 큰 충격을 받았다고 했다.

　그렇다고 나다 씨가 세상에서 말하는 급사를 한 것도 아니었다. 꽤 오래 전부터 암 치료를 받고 있었고 극히 최근에 췌장암이 추가로 발견되어 치료를 시작했다는 것을 나중에야 알았다. 그러면 그때의 파티에는 새로 더해진 췌장암 치료를 받는 중에 참석했을 것이다. 그런 상황에서 와인을 손에 들고 내년의 포부를 말하다니.

최근에 유언 붐이 일고 있다고 한다. 자산 처리부터 장례식 방법, 친족의 인생이나 인간관계에 대한 조언 등을 세세하게 기록해두려는 분들이 많은 모양이다. 자서전을 쓰는 것도 상당한 붐이란다. 자비로 출판하신 분의 이야기도 들리고, 출판 안내 광고도 자주 접하게 된다.

죽음을 의식하면서 자신이 죽었을 때 가족이 어떻게 될까 하는 걱정을 줄이고 싶은 것은 인지상정이다. 하지만 자신이 죽고 난 뒤의 일은 살아있는 사람들에게 맡겨도 좋지 않을까. 지금까지의 일들을 돌아보는 것도 좋겠지만 앞을 바라보며 남은 날들을 계속해서 살아나가는 것도 하나의 선택지가 아닐까.

자산이 많은 사람이야 분배를 지시해야 할 테지만 없는 사람은 특별히 그럴 필요가 없을 테고, 하물며 남겨진 이들의 삶을 놓고 이래라 저래라 하는 것은 자칫 그들의 마음에 부담을 주기 쉽다. 유언에 얽매여 나아가고 싶은 길로 첫걸음을 내딛지 못하는 경우도 생길 수 있으니 말이다.

반론을 각오하고 말하자면, 나는 지나간 날들의 일을 돌아보고 그리워하는 사람보다 마지막까지 할 수 있는 일을 찾아 자신의 가능성을 추구하는 사람에게 더 큰 공감을 느낀다. 그래서 나다 씨 이야기를 듣고 굉장하구나, 나도 그렇게 할 수 있을까 하고 생각하게 되었다.

뒤에 삶을 이어갈 사람들에게 우리가 남길 수 있는 것은 무엇일까. 마지막까지 자신의 삶을 열심히 살아내는 모습이 자산이나 몇십 장의 유언보다 사람들의 마음속에 더 깊이 남지 않을까. 한 번도 만난 적 없고 글로만 아는 사이인

나다 씨의 삶이 내 마음에 영향을 주었듯이.

살아갈 날이 얼마 남지 않으면 어정쩡한 상태에 머물다 끝나는 것이 두려워 새로운 일에 도전하는 것을 주저하게 되는 법이다. 하지만 괜찮지 않을까. 해보자. 마지막까지 앞을 보고 나아가다 죽는 방식도 좋지 않겠는가.

하루하루가 작은 일생 🍀

　관련된 일 가운데 몇 가지인가 무거운 것이 있다. 무겁다는 것은 부담을 느낀다는 의미가 아니다. 그보다는 마음 깊은 곳에서부터 전력을 다해 마주볼 필요를 느끼는 일이라고 하는 편이 적절하겠다.

　그중 하나가 암을 앓고 투병 중이지만 치료에 진전이 없어 죽음을 마주하게 된 분들과 함께 '삶'과 '죽음'에 대해 생각해보는 일이다.

　신약이 개발되어 지금까지 치료가 막막했던 환자에게서 암세포가 극적으로 사라졌다거나 인공지능이 암 진단과 치료에 공헌한다는 보도가 나오는 한편으로, 기대를 가지고 신약을 썼지만 효과가 없어 낙담하는 분들이 있다. 그런 분들의 괴로움은 상상을 넘어선다.

　사람은 지금 당장 괴로워도 앞에 한줄기 빛이 보이면 살아갈 수 있다. 그러나 '그 앞'에 빛이 보이지 않는 상황이

닥쳤을 때, 무엇을 빛으로 삼고 어떻게 빛을 찾아내면 좋을까.

인간이라면 질병, 늙음, 죽음 등 인생의 다양한 국면에서 누구나 한 번은 맞닥뜨릴 상황이다. 하지만 건강할 때 우리는 그런 생각을 하고 싶어 하지 않는다. 하루하루 일어나는 일들을 바쁘게 좇으면서 자기도 모르게 죽음과 늙음에 대해 생각하기를 미루는 것이다.

나 또한 예외가 아니다. 죽음을 마주한 분들과 함께 삶과 죽음에 대해 생각하는 일은 나 자신이 그것과 마주해 생각할 기회가 될 것이다.

이와 관련해 하나 떠오르는 일이 있다. 2011년 3월 11일, 동일본대지진 때의 일이다. 원전이 멜트다운되고 여진이 계속되어 앞을 내다볼 수 없는 불안한 상황이었다. 나는 피난소인 사이타마 아리나를 향해 가는 길이었다.

배낭 속의 물과 약간의 식량을 점검하며 전기도 원전도 없는 나라에서라면 이런 일은 일어나지 않겠지, 이런 형태로 죽음을 마주 보는 일은 없겠지, 생각했다. 그건 그 전해에 20년 이상 아마존 열대우림 보존 활동을 하던 분에게서 들은 이야기가 있기 때문이었다.

"아마존의 원주민들에게 우울증 같은 건 없어요. 의존증도 없고."

아마존의 강에는 피라냐가 있고 숲에는 독사와 맹수가 있다. 잠깐만 긴장을 늦추어도 생명을 잃고 만다. 아마존 원주민들은 우울증이나 암 대신, 매일매일 삶과 죽음을 마주하고 살아가는 것이다.

"그러니까 그들에겐 하루가 작은 일생이에요."

아리나로 향하는 길목에서 문득 그 말이 떠올랐다.

"그래, 하루하루가 작은 일생이구나."

아침에 태어나서 저녁이면 죽는다. 아침마다 새롭게 태어나므로 어제의 기분에 질질 끌려다닐 필요가 없다. 내일의 빛은 내일 발견하면 된다. 오늘 하루만으로 족하다. 그런 마음으로 지낸다면 하루하루가 빛을 띠게 되지 않을까?

오늘 해야 할 하나하나의 일에 마음을 담아서 소중하게 해내는 것이 삶의 빛이 된다. 하루하루를 작은 일생으로 생각하며 살아가고 싶다.

오늘 하루가
　　　작은 일생

초판 1쇄 인쇄 2018년 5월 25일

지은이 우미하라 준코
옮긴이 서혜영
펴낸이 이혜경
기획 김혜림
편집 유미류
디자인 이지아
제작관리 김애진

펴낸곳 니케북스
출판등록 2014년 4월 7일 제300-2014-102호
주소 서울시 종로구 새문안로 92 광화문 오피시아 1717호
대표전화 (02) 735-9515
팩스 (02) 735-9518
전자우편 nikebooks@naver.com
블로그 nikebooks.co.kr
페이스북 www.facebook.com/nikebooks
인스타그램 www.instagram.com/nike_books/

ISBN 978-89-94361-88-8